ISBN: 9788411237321

Depósito legal: V-1027-2022

Contacto: **jesushbadia@hotmail.com**

© Jesús Hernándiz Badía, 2022.

Impresión y editorial: BoD – Books on Demand

info@bod.com.es - www.bod.com.es

Impreso en Alemania – Printed in Germany

María de Benimàmet

Tras la otra musa de Sorolla

JESÚS HERNÁNDIZ BADÍA

El autor.

Jesús Hernándiz Badía

(Valencia, 1975)

Natural de Benetússer (Valencia), es diplomado en Empresariales por la U*niversidad de La Florida* de Catarroja y licenciado en Administración y Dirección de Empresas en la *Universidad de Valencia*, aunque desde su juventud mantiene una gran afición por el dibujo y el arte.

Es uno de los miembros fundadores en redes sociales de la página de aficionados a Sorolla más importante de España y colabora como creador de contenidos culturales. Este pintor es uno de sus artistas favoritos y también de su esposa.

Investigando, descubrió por sorpresa que había estado pintando en Benimàmet durante varios años y daba protagonismo a una modelo vecina de esta pedanía de la que hablaba maravillas. Decidió que debía contar esta historia y de paso rendir un homenaje a su tierra, su querida Valencia, sus costumbres y, por supuesto, a Sorolla en el 100 aniversario de su fallecimiento, así como a otros grandes artistas valencianos. Esta es su primera novela.

A mi esposa, por su apoyo y comprensión.

A mis hijos, por ser mi energía y mi luz.

A mis padres, por todo lo que siempre me han dado.

A Valencia, mi tierra querida.

Y cómo no... a Sorolla, por su Arte.

Prólogo

Desde el principio, quiero animarte a leer esta gran novela, cargada de personajes históricos contemporáneos de la época de nuestro grandísimo Joaquín Sorolla, protagonista de una historia casual en la vida profesional del pintor.

La novela *María de Benimàmet. Tras la otra musa de Sorolla*, refleja en sí misma toda una vida de profesión, familia, momentos de vida y situaciones que nos ayudan a vislumbrar la Valencia, la España, el mundo de finales del siglo XIX. Cada gran personaje que leemos entre sus páginas, nos llena la mente de infinidad de imágenes que ayudan a entender la riqueza de este periodo de nuestra historia.

El elenco que desarrolla la novela, hace en multitud de ocasiones las veces de conectores con diferentes personajes de novelas y obras artísticas de la época, evocando a la gran amistad de nuestro Sorolla con Blasco Ibáñez, Benlliure, Pinazo, Agrasot, Garnelo… dándole a la misma un halo de grandiosidad que nos envuelve.

La narrativa, su profundidad de sentimientos encontrados y esta peculiar forma de humanizar a uno de los más grandes pintores, hacen que nos sorprenda encontrar en Joaquín a esa persona tantas veces analizada y siempre sorprendente, que nos hace sentir como que lo infinito del arte es un don de Dios.

La novela, desde Benimàmet, es una gran oportunidad que nos brinda su autor, Jesús, en mostrar a uno de esos pueblos que los valencianos visitaban sin dejar de ver el Micalet. Nuestro novel escritor, es sin duda una caja de sorpresas, volcado en dar a

Benimàmet un carácter cultural más alto, apostando cada día por imaginar un Benimàmet mejor.

 La novela que refleja el puro estilo educador, muestra en cada párrafo las ansias genuinas de un bravo vecino, comprometido con la gran pedanía de Valencia.

No pierdas la oportunidad de reconocer a Benimàmet, Valencia, España, América a través de esta historia hilada con puntos muy finos del gran estudio realizado para dotar al argumento de auténticas descripciones que te hacen vivir el final del siglo XIX como si realmente nosotros también fuéramos también contemporáneos de Joaquín Sorolla.

Vicente Tomás Benlloch Andrés
Cronista de Benimàmet

Capítulo 1. Año 2022, en Benimàmet.

Esta historia o al menos una parte de ella, ocurrió de verdad, les voy a ir contando los hechos tal y como han ido sucediendo.

Mi nombre es Jesús, tengo 46 años, casado y con 2 hijos.

Hace poco tiempo, exactamente 4 años, nos mudamos a vivir a Benimàmet, una pedanía valenciana de 15.000 habitantes que está pegada a Valencia ciudad, por la comodidad de vivir cerca de la urbe y por la proximidad al trabajo, pero a la vez tienes el sentimiento de vivir en un pueblo, donde la mayoría de gente se conoce. Aquí, en poco tiempo, pude hacer amistad con el alcalde pedáneo al presentarle unas ideas de mejora para el barrio que acogió gratamente y también con el cronista local D. Vicente Benlloch, personas que me ayudaron e inculcaron la historia de esta pequeña pedanía, llamado "barrio de artistas", pues de aquí salieron bastantes.

Un día Esther, mi mujer, me propuso la idea de hacer un mural grande en una de las paredes de nuestro comedor. Vivimos en una villa modernista que ha cumplido 100 años, con techos de más de 3 metros de altura, y el mural de Sorolla *Un paseo a Orillas del Mar* quedaría genial. Tanto mi esposa como yo somos amantes de este gran genio y artista valenciano, así que me puse manos a la obra y a través de una red social, conocí a un grafitero de Benimàmet, José Moya, que había hecho bastantes pinturas en los comercios del barrio y contacté con él para presentarle el proyecto.

Le preguntamos si sería capaz de hacerlo, a lo que él asintió. Estábamos intrigados con el resultado. Me dijo que en el fin de semana lo pintaría y el viernes por la tarde vino a preparar la pared y a empezar a marcar las siluetas y contornos.

El sábado estuvo todo el día terminando las siluetas y dando color, y el domingo vino a perfilar los detalles y mejorar pequeños defectos que iba encontrando: se retiraba hacia atrás, lo examinaba y lo volvía a retocar, le hacía fotos y lo miraba a través del móvil. Yo el sábado ya lo veía estupendo, aun así estuvo casi todo el domingo perfeccionando la pintura a spray y, la verdad, el resultado fue espléndido.

 Por fin, ya teníamos a Sorolla en el comedor con nosotros, ¡ya formaba parte de nuestra familia! Nos sentíamos muy felices.

 Mientras José pintaba, yo me entretenía y buscaba información sobre Sorolla y ocurrió algo inesperado, una gran sorpresa. Descubrí un documento del Ministerio de Cultura que explicaba varías cuadros hechos por Sorolla en Benimàmet. Me quedé muy sorprendido, mi ídolo había estado aquí en Benimàmet en los veranos de 1894 y 1895 y fruto de estas visitas había pintado 3 óleos: *El Columpio, La mejor Cuna* y *Familia Joven Valenciana*.

Me llamó la atención un texto que estaba en este mismo documento, donde detallaba una explicación de Sorolla que hacía por carta a su amigo Pedro Mora Gil sobre una misteriosa modelo, que decía lo siguiente:

"(...) aquí nadie sabe nada de

nada de lo que a mí me gusta

y si algún rato bueno paso es

cuando hablo con los modelos

que yo me elijo, que por lo salvajes,

son maravillosos; ahora tengo

una modelo que vive en el interior

de las cuevas de Benimàmet, que

es una griega sin pulir pero colosal

de forma salvaje, y más negra

de sol que el betún de las latas (...)"

Compartí esta información con José, que se encontraba en mi casa ultimando la obra, pudo contrastar la información en google escribiendo: "Pdf la parra Sorolla".

Le pregunté si a él le haría ilusión pintar un mural para embellecer el pueblo, a lo que él respondió que sería un orgullo hacerlo de forma altruista. A la mañana siguiente llamé al alcalde, compartí la información de Sorolla en Benimàmet y le propuse representar el mural en homenaje a los 125 años de la visita de este gran artista.

Al final lo conseguimos, y se pintó una representación del cuadro *Familia Joven Valenciana* en una pared que da al Parque Lineal del colegio El Ave María. Además, con el impulso de la Alcaldía de Benimàmet y el Ayuntamiento de Valencia, se hicieron 3 murales más sobre las "viviendas cueva" y una foto antigua del propio colegio. Eran unos recuerdos emotivos para el pueblo y la gente estaba encantada. Posteriormente creamos una "Ruta de los Murales", de estos y otros más que se habían ido pintando y con códigos QR para que los visitantes pudieran acceder a esos contenidos.

Bastantes medios de comunicación publicaron el artículo "Los Sorolla de Benimàmet", disponible en internet para quien tenga interés.

Al poco tiempo, quisimos recuperar otro mural de Sorolla llamado *La mejor Cuna*, que había pintado en 1895 a 200 metros escasos de mi casa y que, por desgracia, se encuentra en paradero desconocido y sólo se dispone de una foto en blanco y negro. Llegamos a un acuerdo con el pintor y realizó un boceto a color de cómo podría quedar. Aceptamos la propuesta y durante el fin de semana lo pintó en la pared medianera junto a la fachada de nuestra casa, de forma que la gente que pasee por la calle y los vecinos puedan disfrutarlo y forme parte del pueblo donde se pintó. Quedo fantástico.

El cronista local insistió en hacer una pequeña fiesta de inauguración de la nueva pintura y se realizó un viernes por la tarde. Vinieron cerca de 50 personas, hicimos una breve exposición explicando los distintos cuadros de Sorolla en Benimàmet y por último habló el artista para explicar cómo había hecho estas pinturas con tan excelente resultado utilizando la técnica del spray. Después de la explicación, tocaron con el saxo un par de canciones y acto seguido pasamos todos a la terraza interior, donde servimos un cóctel.

Los invitados pasaron una agradable velada en un ambiente muy distendido, donde unos y otros se iban presentando, así que fue muy fructífero.

Entonces un señor de pelo canoso se acercó a mí, era de la Asociación San Vicente Mártir, y pese a que lo conocía de vista, no sabía su nombre. Me cogió del brazo y me preguntó al oído si podíamos hablar un momento. Nos distanciamos de la gente alejándonos del ruido, hizo un gesto de conformidad y seguimos hasta el interior de la vivienda donde el murmullo seguía, pero más débil.

- Hola Jesús, soy José, encantado de conocerte. Vicente me ha estado contando algunas cosas que has ido haciendo por el pueblo y me parece muy positiva tu labor e implicación. Verás, tengo un tema importante que quiero que conozcas sobre Sorolla, te va a sorprender mucho, pero este no es el momento ni el lugar....

- ¡Encantado, José! Si es sobre Sorolla seguro que me interesa. En mi casa somos muy aficionados.

- Si quieres, mañana sobre las 12, si te viene bien, podemos quedar en la terraza del Casino Cervantes, nos tomamos un café y te lo cuento, ya verás que vale la pena, ni te lo imaginas.

- Vale, perfecto. Yo mañana estoy allí, estoy intrigado.

Volvimos a la terraza, él se incorporó en su mismo grupo de gente y yo me integré de nuevo en el que estaba. Mi mujer susurró si pasaba algo y le dije que luego le contaría, cogí de nuevo mi vaso, unas almendras y una frivolidad de sobrasada. Después de una hora ya se empezaba a hacer de noche y la gente fue abandonando la casa de manera continua hasta que quedó vacía, con los de casa solamente, fue un acto cultural bonito y una velada agradable.

Al día siguiente, a la hora señalada me presenté en el Casino Cervantes acompañado de mi querido hijo Jesús, y allí estaba José cogiendo asiento en la terraza, nos saludamos con un apretón de manos y mientras pedíamos unos cafés al camarero, fuimos tomando asiento.

- Bien, José, ¿qué es eso que querías compartir conmigo?

José metió la mano en el bolsillo interior de la americana y puso sobre la mesa un sobre.

Me quedé mirándolo, estaba un poco amarillento y parecía viejo, los sellos eran de España pero muy antiguos, me acerqué y vi que iba dirigida a:

María Beni

Cuevas Camales

Benimàmet en Valencia

Sinceramente, estaba decepcionado en ese instante. ¿Era eso lo que quería enseñarme?

 José hizo un gesto invitando a coger la carta, la cogí con la mano y le di la vuelta:

Remitente:

Joaquín Sorolla i Bastida

Avda. de Madrid.

 Me quedé muy sorprendido. ¿Una carta de Sorolla? ¿Iba dirigida a María de Benimàmet? ¿Qué significaba eso? ¿Era real?

Empezaba a interesarme y a picarme la curiosidad, ahora sí que había captado toda mi atención.

 - ¡¡Qué maravilla, una carta de Sorolla!! ¿Puedo saber sobre qué es? ¿Me permite leerla?

 - ¡Jajaja, claro, para eso te la he traído, para compartirla contigo! Yo no tengo hijos y esto ya no lo voy a poder transmitir, a la carta le pegaré fuego antes de morirme y desaparecerá.

 - ¡Qué pena! ¿Por qué?

 - Es un recuerdo de familia, mi bisabuelo era vecino de María y se hizo amigo de Sorolla también. Él estaba enamorado de María, fue como un amor platónico, pero sentía celos hacia Sorolla a pesar de la amistad, María nunca prestó atención a mi familiar de la forma en la que él deseaba, lo veía y quería mucho, pero como un buen amigo y vecino, poco más. Mi bisabuela nunca lo sospechó, pero luego sufrió mucho por ello. La cuestión fue que llegó el cartero a entregar la carta a María y, al no estar ella, el cartero se la entregó a mi bisabuelo, que nunca se la dio a su destinataria. Los celos sacan lo peor de las personas Jesús, créeme, no le agradaba que Sorolla la frecuentara en aquella época ni la forma en la que los dos se miraban… esa relación le corroía por dentro, la quería para sí mismo pero se daba cuenta de que era imposible, ella nunca lo vería a él como a este artista.

Abrí la carta y saqué el viejo papel que había dentro:

Madrid, a 10 de Mayo de 1895.

Querida María,

No se imagina cuántas ganas de regresar a Benimàmet para poderla ver de nuevo y disfrutar de su compañía, no he encontrado una modelo más bella, allá por donde viajo recuerdo su belleza y su sonrisa, y los ratos tan buenos que compartimos el pasado verano.

¿Qué tal le va todo? cuénteme cómo está, espero que no le falte de nada. ¿Y su hijo, sigue empeñado en trabajar en el campo?

Estoy deseando que llegue el calor de nuevo para poder volvernos a encontrar y, por supuesto, volver a pintarla en un nuevo cuadro, quisiera alargar mi estancia todo lo que pueda.

Este verano será un poco más complicado porque Clotilde dará a luz y estaré más comprometido, pero ya sabe que haré todo lo posible.

Reciba un afectuoso abrazo,

Joaquín Sorolla.

- Estoy muy asombrado José, quiero conocer toda la historia de estos años, por lo que veo fue entre los años de 1894 y 1895.

- Te contaré la historia para que te la guardes, y si algún día quieres, cuando yo fallezca la podrás transmitir, pero la carta será destruida. Lo siento, pero afecta a mi bisabuelo y no quiero manchar el pasado de mi familia, cuanto te cuente los hechos que ocurrieron, lo entenderás. Espero que no los nombres, o al menos identifiques sus apellidos. ¿Puedo confiar en ti?

- Por supuesto, pienso respetar todo lo que me cuente, soy una persona de total confianza, le prometo que nunca revelaré sus apellidos.

En los días siguientes quedamos durante varias tardes ya que el estado de salud del señor José no permitía alargar las visitas y me fue revelando todos los detalles. Por desgracia, el señor José falleció en febrero y he aquí la asombrosa historia de su bisabuelo, María de Benimàmet y Joaquín Sorolla.

Capítulo 2. De regreso a Valencia.

Era el año 1894, Sorolla regresaba de su viaje a París, cautivado por el estilo pictórico de género Naturalista-Luminista, los pintores daneses habían causado un gran impacto en él, le sirvieron para evolucionar y definir el estilo que deseaba retratar de cara al futuro, ya había tenido contacto con este estilo en su etapa de formación en Valencia en el pasado, pero ahora le apasionaba con mayor fuerza, estaba decidido a plasmarlo en su obra de ahora en adelante.

Así que, a su vuelta, comenzó a pintar al aire libre, dominando con maestría la luz y combinándola con escenas cotidianas y paisajísticas de la vida mediterránea. Crearía obras como *La vuelta de la pesca*, *La playa de Valencia* o *Triste herencia,* en las que describiría el sentimiento que le producía la visión del mar, el esplendor de una mañana de playa con un colorido vibrante y un estilo suelto, vigoroso y lleno de luz.

Llegaban los meses estivales y el calor sofocante en Valencia, hacía un sol resplandeciente que envolvía de brillo y claridad el cielo y el reflejo del agua del mar, y la humedad no te la quitabas en todo el verano.

Era principios de julio, para ser más exactos, y Sorolla estaba ansioso pero feliz a la vez, en la estación de Atocha de Madrid esperando la partida del tren hacia su querida Valencia, donde ya se encontraban su mujer e hijos que habían partido la semana anterior para reunirse con la familia.

Sacó el reloj del bolsillo interior de su traje, bien sujeto a una cadena de apariencia plateada, vio que en ese momento eran las 8:15 horas, le esperaba un largo viaje de 8 horas hasta casa.

Junto a él, un hombre de mediana edad despidiéndose de la esposa y de sus 2 pequeñas, lloraban de emoción y se prometían amor eterno y un pronto regreso. Estaba la estación repleta de gente y el murmullo llenaba los concurridos andenes por encima de los pitidos de las máquinas de vapor que, aun estando inmóviles, saturaban de humo el ambiente.

Al subir al tren dejó la maleta en la parte reservada a tal fin y tomó asiento junto a la ventana, con el único deseo de ver partir la máquina hacia casa y poder apreciar los bellos contrastes y paisajes que hay en España.

A su lado tomó asiento una anciana pechugona que le saludó con una pequeña sonrisa. Amparo le llamaban, sus posaderas eran más anchas que su asiento, vestida toda de negro incluido el pañuelo que envolvía su pelo. Sorolla pensó: "Qué poca conversación me espera en este largo viaje…". Además, el "aroma" que desprendía narraba la dificultad de disponer de agua de forma cómoda para un buen aseo, y en sus labios, el bigote de una ballena poco cuidado. Tenía pinta de ser una mujer viuda a la que la vida había tratado mal, como a la mayoría de la población en estos años de pobreza. Él, sin embargo, venía hecho un pincel con el traje recién adquirido, con su inseparable sombrero y la barba recién arreglada, esperando el encuentro con su amada Clotilde.

Amparo, sin ser siquiera preguntada, se puso a contar su dura vida: vivía en el Cabañal junto a su marido, un trabajador incansable, jornadas largas y sueldo escaso, que apenas daba para una ajustada vida, pescador toda la vida, murió hacía 10 años en un maldito oleaje. Menos mal que ella también ganaba unos *quinzets* en un taller clandestino cosiendo sin parar y su hijo ya se había casado y era capataz para un señorito poseedor de grandes extensiones de arrozales en la Albufera. El arroz siempre ha sido uno de los productos estrella de la *terreta*. "-¡Qué buenas paellas y arroces se disfrutan en Valencia! Pero

¡ah! Solo aquí sabemos cocinarlo y disfrutarlo *com mana la tradició*! Ahora lo quieren imitar en otras provincias y países, pero… *redéu*! Vaya experimentos hacen por ahí." Decía ella muy airosa.

Joaquín asentía con pena al relato de la viuda, estando de acuerdo en la dificultad y lo mal pagado de la faena. Sin embargo, la historia le estaba llenando de inspiración al crearle un sentimiento de compasión.

- Señora Amparo, cuando llegue a Valencia pienso plasmar en un cuadro un homenaje a su marido y a este sector, una denuncia sobre esta situación que sufre este digno e imprescindible oficio de la pesca.

- Gracias don Joaquín, viniendo de un pintor tan famoso como usted es todo un orgullo. ¡Qué contento estaría mi Manolo de oír sus palabras, que Dios me lo guarde!

La conversación siguió hasta la salida de la ciudad, donde el paisaje cambió por completo, llanuras infinitas de color amarillo que desprendían las enormes plantaciones de trigo a ambos lados daban gran sensación de paz y tranquilidad, lo que hizo que su contertulia cayera rendida en su asiento. Primero resoplaba de forma sutil, después sus ronquidos fueron cogiendo carrerilla y Sorolla le tuvo que dar un discreto codazo al ver que la gente se giraba molesta.

Una vez calmada de nuevo la respiración, Joaquín aprovechó para sacar del bolsillo la carta de su querido amigo Vicente que recibió en casa y que había encontrado hoy en el buzón al cerrar con llave para emprender el viaje.

Querido amigo Joaquín:

¡Qué ganas de tu regreso a Valencia, se te echa mucho de menos en esta tierra!

Como bien sabes, en estos meses de tanto calor suelo estar en la villa de Burjassot y en La Malvarrosa, espero tu pronta visita para tomar unos vinos y que me pongas al día de tus hazañas y próximos proyectos. Me han traído unos puros de Cuba que pienso compartir contigo con copa en mano, ya verás qué delicia.

Como sabes, ando ocupado con el lanzamiento del periódico "El Pueblo" en mi constante lucha para mejorar las condiciones de nuestro pueblo y nuestra querida tierra, a ver si al final vemos la luz. Ando también de pueblo en pueblo dando mítines explicando a los vecinos estos ideales, pues pienso presentarme y con suerte poder cambiar a mejor el rumbo de esta gente.

Me alegro mucho de que vayas a estar este verano pintando en Benimàmet y en la Malvarrosa, así estaremos muy cerca y será fácil vernos de forma frecuente. Yo estoy acabando una nueva novela sobre Valencia, ya te contaré, la quiero llamar "Arroz y Tartana", y será un éxito seguro.

Por cierto, el paisaje de Benimàmet es digno de ver, desde que inauguraron hace 6 años la línea de tren que pasa por allí, todos los pasajeros se quedan maravillados de las fantásticas vistas: toda una extensión de color blanca pálida de las viviendas cueva excavadas bajo el suelo, en la roca caliza, con sus chimeneas blancas y acompañado de árboles, el verde de la vegetación y los colores de las flores con las que sus vecinos las adornan. ¡Es digno de ver!

Es un acierto que quieras pintarlo para la posteridad y un acierto que hayáis conseguido que la modelo María Beni, haya aceptado al final ser retratada. ¡Menuda mujer! No me la pierdo por nada del mundo, ¡tremenda belleza! Menuda te espera amigo, ármate de paciencia. Te espero pronto en mi villa.

Recibe un cordial saludo y manda recuerdos de María para Clotilde.

Vicente Blasco Ibáñez.

Contento de recibir noticias de su amigo, volvió a doblar la carta y la guardó en el interior de la chaqueta con una sonrisa de felicidad en su cara. Se encendió la pipa y le dio varias aspiraciones rápidas, el humo se mezcló con el de otro señor que estaba dos filas de asientos por delante, una mujer tosió ante tal acumulación y bajó el cristal lo poco que permitía la ventana, entrando aún más ruido de las vibrantes ruedas en su roce con las vías, y con tal molestia para unos y para otros pasaron buena parte del trayecto.

Joaquín y Vicente amaban Valencia, la huerta, sus costumbres, su cultura, la playa, la luz y la alegría de su gente, ambos ansiaban poder contribuir y denunciar las malas condiciones de la gente del campo y del mar con escasos recursos y sin posibilidad de acceso al conocimiento y a la cultura, sumidos en una pobreza sin posibilidad de avanzar, preocupados constantemente por la incertidumbre de sus trabajos y por si tendrían para comer al día siguiente.

El tren había sobrepasado Albacete y faltaba menos de un par de horas para la feliz llegada, la cara de cansancio de los pasajeros era evidente, *Amparo* se había despertado de su ruidoso sueño y ya miraba con ilusión el paisaje al estar cerca de Valencia, había ido a ver a su hermana a Madrid pero estaba deseando encontrarse de nuevo con su hijo y su nieto.

A Joaquín le venían a la mente sus próximas pinturas, ya las estaba imaginando: la luz del Mediterráneo, el mar, los pescadores, la gran llanura blanca con sus viviendas cueva en Benimàmet y con su recién contratada modelo María Beni; la llamaban así por ser de Benimàmet, se había hecho famosa en las poblaciones de la contornada por su belleza, unida a un fuerte carácter, y ya había posado para algún que otro artista. Sorolla estaba ilusionado y ansiaba empezar lo más pronto posible a pintar y expresar sus pensamientos e ideas en los próximos óleos, la luz de Valencia y la Malvarrosa era lo que más añoraba profesionalmente cuando se encontraba fuera.

El haber estado trabajando pintando fotografías en el estudio de su suegro, un reputado y exitoso fotógrafo, le había enseñado el valor de la luz, los reflejos y las sombras en las imágenes, el tener que trabajar en tamaños tan pequeños le había hecho más minucioso y perfeccionista al pintar.

Después de todo el día en el tren, ya entraban en Valencia, tuvieron que hacer parada durante media hora hasta que salió otro tren con dirección a Madrid que estaba ocupando la misma vía, para dejar paso a su llegada y poder avanzar hasta la estación. Una vez cruzó, pudieron llegar y el tren paró, la cara de felicidad invadía a todos los pasajeros que, nerviosos, se pusieron todos de pie a recoger sus equipajes con ganas de abandonar inmediatamente el incómodo vagón.

Sorolla miraba atónito a su alrededor. Valencia estaba en pleno crecimiento, cada día más bonita… Si consiguieran quitar el barro de las calles y nivelar el adoquinado, sería una ciudad moderna y maravillosa, pues lo tenía todo, pero el polvo y barro todavía le daban un aire muy pueblerino. En las calles donde había empedrado, tampoco se prestaba mucha atención en la reparación de los baches, que las tartanas agrandaban a base de golpes y traqueteo.

Hacía pocos años que se habían derribado las murallas y también diez de las doce puertas que daban acceso a la ciudad, que la embutían como una olla de garbanzos a presión, dejándonos como herencia las Torres de Serranos y las de Quart. En estos tiempos tuvieron sus razones para derribarlas: las murallas habían dejado de ser un elemento defensivo ante la aparición de los explosivos y la nueva artillería, por otro lado, la burguesía anhelaba el crecimiento de la ciudad y de las comunicaciones y el negocio que traería, también era positivo para el cólera al circular mejor el aire; esta epidemia había causado estragos y muchas muertes, y por otro lado, daría empleo ante la crisis del negocio de la Seda.

A la vez del derribo, se empezaron a anexionar los pueblos de alrededor: Patraix (1870), Benimaclet (1871), Beniferri (1872), Russafa (1877), Benimàmet (1882), Orriols (1882), Borbotó (1888), Mauella (1891), Vilanova del Grau (1897), Poble Nou de la Mar (1897) y Campanar (1897), llegando a sobrepasar los 200.000 habitantes. Con todo ello, Valencia empezaba a ser una gran ciudad.

La plaza de San Francisco, la calle de las Barcas, de Peris y Valero y de San Vicente concentraban lo más selecto en cuestión de tiendas, cafés, hoteles y estudios fotográficos, entre ellos el del suegro de Sorolla, Antonio García Peris, de gran prestigio entre la nobleza.

¿Cómo que se llamaba calle las Barcas o carrer de les barques en pleno centro de la ciudad? Pues era debido a que en esta calle se realizaba el mantenimiento y construcción de las barcas. En esta zona estaba el barrio de los pescadores. Sí, lo has oído bien, de los pescadores. La estación portuaria estaba junto al Pont de Fusta, alejada del mar (no había puerto en la playa) y las naves mercantiles remontaban el rio Turia hasta esta zona, además las murallas de la ciudad daban protección para evitar la piratería. ¿Te lo puedes imaginar?

La calle correos antes era llamada carrer del comú dels pescadors y la calle Lauria era la calle forana del peixcadors. No sería hasta el siglo XV cuando empezó una fuerte actividad portuaria con el impulso de los Reyes dotando las condiciones necesarias e infraestructuras en el actual puerto de Valencia junto al mar.

El barrio de pescadores fue perdiendo su entidad por la mejora en su hábitat de los poblados marítimos. Con el tiempo esta zona se llenó de burdeles, casas de juego, cafetines de poca monta y gente de mala vida, se había denigrado el barrio y necesitaba una reforma profunda para acompasar la excelente zona donde estaba ubicado. Entre 1890 y 1905 se fueron comprando y derribando todos los edificios y configurando un nuevo barrio para convertirse en una zona bancaria y comercial de primer orden tal como la conocemos hoy.

Así, con el derribo del convento y de todas estas fincas es como se transformó toda esta parte de la ciudad, siendo la actuación urbanística más importante de los últimos tiempos.

Curioso ¿verdad?, pues Sorolla pudo contemplar y vivir todos estos cambios.

La Plaza de San Francisco (que después pasaría por varios nombres hasta el de Plaza del Ayuntamiento) tenía su origen en el antiguo Convento de San Francisco, cuyos terrenos otorgó el rey Jaime I a los franciscanos en el siglo XIII para construir su convento extramuros, justo donde se ubicaba la casa de recreo de Abú Zayd, último gobernador almohade de la ciudad. El convento quedó intramuros tras la construcción de la nueva muralla del siglo XIV. La desamortización de 1835 hizo que el edificio pasara a convertirse en cuartel de caballería, hasta que su gran deterioro llevó a su demolición en 1891, dando paso así al espacio que hoy ocupaba el centro de la plaza.

A esa misma plaza desembocaba la primera estación de tren que tuvo la ciudad, que suponía la llegada a Valencia de la tercera línea española de ferrocarril y comunicaba el centro de la ciudad con El Grao. Esta estación estuvo en funcionamiento hasta que en 1917 se inauguró la Estación del Norte, cien metros más al sur, convirtiéndose en el símbolo del progreso, el modernismo y la alegoría valenciana.

El pintor observaba la Casa de la Ciudad, que había sido trasladada a esta ubicación de forma provisional debido a un grave incendio en el año 1.853, desde su anterior ubicación al lado del actual Palau de la Generalitat, hasta la *Casa de la Enseñanza* (fundada por el Arzobispo Mayoral en la calle de la Sangre, con la finalidad de servir como colegio para niñas sin recursos y, por otro lado, también para doncellas de distinguido nacimiento).
Finalmente se quedó definitivamente en este lugar y a partir de 1904 empezaba la reforma del edificio para convertirlo en la actual Casa Consistorial abierta a la plaza. A partir de este momento se empezó a gestar en la mente de las autoridades municipales la construcción de una gran plaza que fuera centro comercial y administrativo y estuviera acorde con la importancia que requería la definitiva ubicación del ayuntamiento de la ciudad. Toda una declaración de intenciones.

Los cafés se multiplicaban: el *Café de España, Café del Comercio, Café de la Pelota, Café del Lyon D´Or, Café La Habana* en Poeta Querol, *Casa Cayol…* que estaban por esta zona, eran centros de reunión frecuente y obligada para todo intelectual.

A pesar de estar cerca del mar, solo había contabilizadas dieciséis pescaderías, algunas ubicadas en los propios mercados. Empezaban a crecer el número de carnicerías, y aunque era un lujo poder comer carne a diario, sí se podía comprar de vez en cuando. También ultramarinos, vaquerías, bares, y sastrerías proliferaban, y había también tres cuchillerías. La ciudad iba virando de una actividad agrícola con la huerta rodeando la ciudad y nutriendo de alimentos frescos a sus vecinos, hacia el sector industrial y el de servicios, era una ciudad en pleno proceso de transformación.

El 16 de octubre de 1882 se vio por primera vez encender una bombilla eléctrica, causó gran admiración, la gente acudía como polillas al ver encenderse pequeños focos eléctricos. En la tienda de don José Conejos, en la calle San Vicente, treinta bombillas de las cuales trece estaban en los escaparates. Posteriormente, los comercios de al lado empezaron a imitarle, y así poco a poco la iluminación a gas fue dando paso a la electricidad, el Ayuntamiento de la ciudad avanzaría lentamente hacía esta innovación, al no disponer de presupuesto suficiente.

El Ateneo Mercantil era casi nuevo, nacía en el año 1879 para atender las necesidades culturales y de formación de los empleados del comercio. Posteriormente, liderado por su presidente Tomás Trénor, vendría la Exposición Regional en Valencia, que puso a la ciudad en el mapa de nuevo y aceleró la transformación de la sociedad.

Los arquitectos municipales José Calvo Tomás, Luis Ferreres Soler y Joaquín María Arnau Miramón diseñaron un nuevo *Plan General de Valencia y Proyecto de Ensanche*, para el cual utilizaron como base los planes anteriores. En este nuevo plan de ensanche se configuraron las dos Grandes Vías que circundaban la ciudad, la Gran Vía del Marqués del Turia y la Gran Vía Fernando el Católico.

De fondo estaba la guerra con Cuba, que durante esos años fue un quebradero de cabeza para España, y también para Valencia que tuvo que enviar más de 15000 vecinos a combatir, de los cuales 5000 perdieron la vida.

En definitiva, era una ciudad en crecimiento y transformación donde la clase obrera tenía para vivir y malvivir a duras penas y múltiples artistas de la época se hicieron eco de ello y lo expresaban y denunciaban con su arte.

A Sorolla le esperaba por delante un verano lleno de emoción.

A lo lejos, en medio de tanta gente, veía a su suegro Antonio levantando el brazo con su sombrero en mano para poder hacerse ver mejor entre tanta multitud en la bulliciosa estación.

Capítulo 3. Valencia, verano de 1894.

Don Antonio, con los brazos en alto al ver a su yerno enfrente, se acercó y ambos se fundieron en un abrazo, lo cogió por los hombros frente a frente y le miró a los ojos con una sonrisa de alegría y complicidad.

- ¡*Ximo*, qué alegría tenerte en casa de nuevo! Tenía muchas ganas de verte. Clotilde y tus hijos se han quedado en casa esperando tu regreso. ¡Vamos al carruaje, que lo tengo fuera!

- Gracias, don Antonio, por venir a recibirme, yo también me alegro mucho de verle. Ya me contó Clotilde en la última carta que recibí ayer que tenía usted más encargos en el taller de fotografía de los que podía abarcar y que poco tiempo podríamos pasar en Alzira, ¡me alegro de que le vaya tan bien!

Pararon a tomar algo rápido en la popular *Casa Cayol*, fábrica de cervezas y gaseosas, hielo y helados de todo tipo, y centro de reunión de todo aquel que quería refrescarse en medio del trasiego de la ciudad. Sorolla le contaba emocionado su experiencia con el "naturalismo" en París y su intención de utilizarlo en su obra a partir de entonces. Quería empezar a pintar al aire libre, dominando con maestría la luz y combinándola con escenas cotidianas y paisajísticas de la vida mediterránea.

También le contó la ilusión que le hizo recibir una carta de don Rafael Guastavino Moreno, un compatriota que emigró a América, el cual le felicitaba por el premio ganado en Chicago en la Exposición de 1.893 y le invitaba a visitar la ciudad de Nueva York, era un prestigioso arquitecto que llevó allí la "bóveda tabicada" valenciana y había tenido tanto prestigio que acabó edificando la mayoría de edificios importantes de la época y solucionando el grave problema de los incendios en las ciudades de América y sobre todo Nueva York. ¡Que un valenciano aportara tal innovación allí y ayudara a desarrollar y embellecer el nuevo mundo era un gran orgullo!

Ya en el trayecto a casa, le contó que en la exposición de Chicago, Rafael Guastavino fue el arquitecto elegido para realizar el edificio Español y decidió hacer a escala su amada Lonja de Valencia, como muestra del esplendor de una época en que esta ciudad española brillaba en toda Europa.

-¡Estoy seguro de que en cada obra que Guastavino ha construido en Nueva York hay un trocito de Valencia! – dijo el pintor.

Ya llegando a casa, le contó su experiencia con el cuadro retrato realizado a Benito Pérez Galdós y su otra obra costumbrista de estilo de Realismo- denuncia social que es el que más le apasionaba, titulado *Trata de Blancas* , que pudo pintar en directo representando en un vagón de tren a unas pobres y sufridas prostitutas. Con el estrecho espacio que se refleja en el cuadro del propio vagón del tren, quiso simbolizar la imposibilidad de huir del destino, la resignación de su futuro. Sin embargo, la alusión a la prostitución la hizo de una manera suave, revelando una gran piedad con este tema.

Al abrir la puerta de casa, salió corriendo a su encuentro con la alegría de una niña Clotilde, que lo besó apasionadamente, siendo interrumpidos por sus hijos *Ximet* y María la mayor, que se fundieron en un fuerte abrazo.

-¡Qué felicidad tenerte con nosotros de nuevo!

- Estaba deseando llegar, ¡menos mal que con el tren se han acortado las distancias! ¡Qué ganas de disfrutar de la feria de Valencia! ¿Habéis podido ir a la Batalla de las Flores?

- ¡Uy, ya lo creo! Me puse a la altura del Palacio de Ripalda, pude ir antes a saludar a la condesa. La Alameda estaba a rebosar de gente, ¡menudo ambiente! Han empezado a pasar multitud de carrozas y se ha llenado todo de flores, los niños se lo han pasado genial, los disfraces eran muy divertidos y la decoración de algunas carrozas increíbles. ¡Pero vamos ya al comedor que están sirviendo la cena!

- Estupendo, amor mío, sólo me he comido un *entrepà* en todo el día y tengo un hambre...

Se sentaron todos alrededor de la mesa, bien engalanada en honor a la llegada de Sorolla y toda la familia, habían puesto el mantel y las servilletas de flores que solían utilizar los domingos y días festivos y los cubiertos de plata con la vajilla a juego, un gran jarrón de flores coloridas coronaba la mesa.

La alegría de todos impregnaba el ambiente, y también las caras de felicidad por poderse juntar de nuevo y poder compartir el verano en Valencia. Los niños estaban jugando por el suelo y armando el típico alboroto: Joaquín que contaba con dos años tiraba del pelo a María y ésta se cabreaba y respondía con patada en la pierna, terminando llorando ambos, Clotilde calmando la situación pero alegre como nunca al volver a estar todos juntos… Estaban también Juan Antonio, el cuñado, y dos de las cuatro hermanas de Clotilde.

Sobre la mesa fueron depositando las ensaladas de tomate valenciano, dos platos de clóchinas (mejillones autóctonos) y unas sardinas asadas a la plancha con ajo y perejil, un manjar que no tardaron en disfrutar. Posteriormente a los adultos les sirvieron un plato individual con un trozo de carne de ternera, un huevo y pimientos que hicieron las delicias de los comensales. Para acabar sacaron un frutero con relucientes melocotones.

- Bueno y ¿qué planes tienes para estos días, Joaquín? preguntó don Antonio, su suegro.

- Pues estoy deseando ir a la playa de la Malvarrosa y disfrutar del amanecer, ver el azul inmenso del agua fundirse con el cielo y deslumbrarme con la luz de Valencia, ¡cómo lo echo de menos! Oler el mar, el salitre, ver las barcas de pescadores llegar, el sol brillando, pisar la arena, mojarme los pies y ponerme a pintar allí… Quiero retratar escenas cotidianas de Valencia al aire libre y de paso denunciar algunas injusticias, homenajear a los pescadores, por esa profesión tan dura y tan mal pagada. Mi amigo Vicente va a escribir sobre ello en una novela, además se lo prometí a Amparo; una señora anciana que conocí en el tren, que perdió a su marido en un fuerte oleaje y me estuvo contando cuán de dura fue su vida. Pasado mañana bien temprano tengo que estar allí frente a la puerta del balneario, he quedado con José García, el bedel de San Carlos que me va a ayudar estos días a prepararme para pintar. Vicente también está preparando una novela sobre el mismo tema, quiere reflejar la dureza y las condiciones de esta pobre gente, creo que la quiere llamar *Flor de Mayo*, aunque está a mitad y tardará en acabarla, pues la quiere lanzar en boletines el próximo año junto al periódico que está a punto de salir a la luz, para que a todo el mundo le resulte más fácil acceder a ella.

El balneario Las Arenas-Baños de Ola del que Sorolla era socio de honor se inauguró en el verano 1838, constituyendo un acontecimiento del que se vanagloriaban las familias de la élite social. Se accedía al complejo privado previo paso por taquilla abonando la correspondiente entrada y contaba con numerosos servicios como eran: vestuarios, duchas, merendero, restaurante, piscina, espacio de juegos infantiles incluyendo un pequeño circuito de *minicars* que funcionaban insertando la correspondiente moneda. También tenía un espacio de playa privada delimitada por vallados de cierre tanto en la cara norte como en la sur. Los bañadores, tan púdicos que no marcaban la silueta, se alquilaban como las toallas y las sábanas inmensas, orladas de cenefa azul, que cuidaban las lavanderas del pabellón para tender rápidamente sin que perdieran el olor a jabón y lejía. Por las tardes, la banda de Pueblo Nuevo del Mar ofrecía conciertos con un programa de mazurcas, pasodobles y preludios de zarzuelas, que puntualmente se anunciaban en la prensa.

Después de tan agradable cena, el cuñado Juan Antonio sacó los licores y la mistela que le traían desde Turís, sirvió una copa a su padre y otra a Joaquín. Fue la hora idónea de encender un habano y empezar a reposar la cena mientras el humo llenaba la habitación.

Sorolla siguió explicando sus planes.

- Esta semana estaré pintando en Valencia y a la próxima quiero coger el *trenet* y plantarme en Benimàmet, quiero ver in situ de nuevo todo el paisaje que tanto me asombró la última vez que pase por allí con el *trenet* y que desde la ventana se veía tan bonito, me han hablado muy bien de lo pintoresco que es el lugar, una mezcla de muchas tonalidades de blancos muy difícil de plasmar, es algo único y diferente a todo lo que he pintado hasta ahora, me servirá de buena práctica. Esa mezcla de colores y matices blanco, canela, verde… será espectacular. De paso, mi amigo el también pintor José Garnelo, que estuvo por el embarazo de su hermana hace poco, ha escrito al médico ginecólogo, que es amigo de su familia, para que me reciba en su villa y podamos comentar sobre la salud y el próximo embarazo de Clotilde. Quiero que vaya todo como la seda y Garnelo me ha hablado maravillas de este gran doctor, además digno de su total confianza.

La carta de su amigo Garnelo decía así:

Querido Joaquín,

Me alegra haber recibido noticias suyas y poder serle útil con el problema que me escribió.

No se preocupe, ya está todo preparado, a principios de mes ya escribí al doctor poniéndole en antecedentes y explicándole su visita a Benimàmet para la tercera semana de julio, estará encantado de atenderte. Desde la epidemia, ellos decidieron construir su residencia de veraneo y por supuesto de junio a Septiembre no se mueven de allí, es un clima muy sano y el agua del manantial es excelente. Como sabe, con la epidemia del cólera de 1885 no falleció nadie en este lugar, en parte gracias a la calidad del agua, aunque también dicen que fue por San Francisco de Paula, ya que lo sacaron por las calles y ahora es el segundo patrón del pueblo y lo celebran con fiestas a este Santo. En fin, yo me declino más por la calidad del agua, pero… ¿quién sabe?

Yo ando ahora por Zaragoza, donde estoy como profesor. Cuando puedo bajo a Montilla a ver a la familia y en verano a Enguera, pero no descarto poder quedar con usted cuando vaya a Valencia. ¡Qué recuerdos de nuestra estancia en Roma! Los guardo en el corazón.

Reciba un gran abrazo de su amigo que le quiere,

JOSÉ GARNELO I ALDA

Joaquín tenía suerte de contar con la amistad de José Garnelo i Alda, gran pintor valenciano nacido en Enguera, aunque la mayor parte de su vida la pasó en Montilla. Fue maestro de pintura, donde ganó numerosos premios, y tuvo como alumno en Barcelona a Picasso. También nombrado Subdirector del Museo del Prado, estuvo residiendo una temporada en una villa de Benimàmet durante el embarazo de su hermana. Esa villa quedaría bautizada como *Villa Garnelo*.

 Sorolla estaba feliz por poder contar con esta buena recomendación y poder disponer de un gran ginecólogo que pudiera asistir a su esposa ante cualquier dificultad del próximo embarazo, estaban pensando en poder ampliar la familia ya que las cosas marchaban muy bien y sobre todo a Clotilde le hacía mucha ilusión. Si era niña ya habían decidido llamarla Elena y si era chico, Antonio, como el nombre de su padre. Joaquín estaba de acuerdo y contento, su esposa comprendía perfectamente la vida de un artista, la dedicación a su profesión y la poca atención a su familia a pesar del amor que sentía. Su cabeza siempre estaba en otro sitio, pensando en aprender, ampliar horizontes nuevos y a la vez ejecutar nuevos proyectos, nuevas obras, quería seguir dándose a conocer fuera y todo esto tenía un alto precio que Clotilde estaba dispuesta a pagar y, es más, empujaba al artista a llegar lo más lejos posible. Esa era su obra, quería dejar un legado para todo el mundo a través de la pintura de su marido.

Clotilde creaba siempre el ambiente idóneo para que el artista estuviera plenamente centrado en su obra, sin distracciones ni problemas de familia, quería que Sorolla y sus hijos tuvieran un hogar lleno de amor, de atenciones, ordenado, limpio, ajeno a problemas y ruidos externos, que su marido fuera feliz y se sintiera plenamente realizado, que pudiera aprender más y progresar. Ese era el deseo de ella, y su marido valoraba y agradecía la solidaridad y grandeza del corazón de su esposa.

El hacerle la vida fácil le impulsaba y le ayudaba a poder ser más ambicioso, quería ser reconocido no sólo en España, sino a nivel mundial.

A la mañana siguiente, después de un copioso desayuno, Sorolla salió a dar un paseo, tenía la excusa de haber estado casi todo el día sentado en el tren y necesitaba airearse. Ella se quedaría en casa con los chicuelos, tocaba darles un buen baño y ella no era de dar paseos.

De la Plaza de San Francisco se dirigió dirección norte, donde se veía la "pareja de novios" Santa Catalina y Miguelete, las dos preciosas y grandes torres de la Iglesia de Santa Catalina y de la Catedral de Valencia. Alzó la mirada con satisfacción y felicidad, el Miguelete o *Torre del Micalet* era un emblema para él y para Valencia. El nombre venía de la campana llamada *Miguelete*, la mayor que se usó en toda la Corona de Aragón, destinada exclusivamente a tocar las horas.

Esta torre de estilo gótico con 63 metros de pura elegancia tenía forma de prisma octogonal, y a pesar de sus 500 años seguía estando en perfecto estado. Cuando era más joven Sorolla no se detenía ni un segundo en pensar si subir o no sus 207 escalones, ya que ver toda la ciudad desde lo alto valía la pena, unas vistas increíbles.

La larga contemplación terminó con el saludo de Mariano, el campanero que pasó a toda prisa hacia dentro de la Catedral. Una vez pasada la Casa del Relojero, accedió a la Plaza de la Virgen o *Mare de Déu*, y observó que a mano derecha estaban sentados en sus señoriales butacas y rodeados de campesinos los componentes del Tribunal de las Aguas.

Era en toda esta zona donde se había fundado la romana *Valentia*, dos mil años antes. Estaba pisando Sorolla sobre el histórico foro romano donde estaba el núcleo o centro de la ciudad, que se expandió a partir de esas dos Grandes Vías llamadas *Cardo* y *Decumano*. ¡Qué lugar de contrastes!

 Sorolla se paró a ver lo que estaba sucediendo en "El Tribunal de las Aguas", que ya era la institución de justicia más antigua de Europa, un tribunal consuetudinario. Estaba formado por un representante de cada una de las Comunidades de Regantes o *Síndics* que formaban parte del sistema: Tormos, Mestalla y Rascanya a la izquierda y Quart, Mislata, Favara y na Rovella a su derecha. Se añadieron posteriormente la de Montcada y la de l'Or. Los presidentes, que normalmente permanecían durante un bienio renovable, se reunían cada jueves de la semana en sesión pública a las 12 en punto del mediodía, y posteriormente se celebraba la sesión administrativa en la *Casa Vestuario* de la Plaza de la Virgen para discutir diversos asuntos, principalmente sobre la distribución del agua. Pero era a las 12 en punto del mediodía, mientras sonaban las campanas del Miguelete, cuando el Tribunal se constituía formalmente en la Puerta de los Apóstoles de la Catedral de Valencia, en la misma plaza. Era entonces cuando el alguacil, con el permiso del presidente, llamaba a los denunciados de cada una de las acequias, con la tradicional frase: "*Denunciants de la sèquia de...!* ". El juicio se desarrollaba de forma rápida, oral e íntegramente en valenciano.

 El denunciante, que podía ser el guarda o cualquier afectado, exponía el caso ante el Tribunal, y después el denunciado se defendía a sí mismo y respondía a las preguntas que se le formulaban. A continuación cuando el Tribunal, con la excepción del síndico de la acequia en cuestión, para garantizar la imparcialidad, decidía la culpabilidad o no del denunciado, y en caso afirmativo, era el síndico de la acequia quien imponía la pena a pagar por el infractor, de acuerdo con las ordenanzas de la propia Comunidad de Regantes. Joaquín Sorolla desconocía que la pena se imponía en "sueldos", tal y como se hacía en época medieval, entendiéndose por "1 sueldo", el sueldo diario del guarda de la acequia. Sorolla se sobresaltó: el acusado chillaba y se defendía de las acusaciones realizadas por el guarda, trataba de dar argumentos, pero desde lejos casi sin escuchar no lo veía nada convincente, no quiso pararse más tiempo, pues no era una cuestión que le afectara y deseaba seguir paseando. La plaza estaba concurrida y multitud de carruajes con sus vigorosos caballos pasaban a toda prisa.

En la Real Basílica, se encontraba el Santo Grial que utilizó Jesucristo en la última cena, según la historia, el papa Sixto II, encargó a su diácono San Lorenzo que sacara el cáliz de Roma para protegerlo de la persecución del emperador Valeriano. San Lorenzo hizo llegar la reliquia a Huesca, donde vivían sus padres. El cáliz acabó escondido en el monasterio de San Juan de la Peña y en 1399 fue entregado por los monjes del monasterio al rey Martín I de Aragón, de quien se conservaban tres cartas reclamando la reliquia insistentemente. Una vez en sus manos, Martín I llevó el grial a la capilla de su residencia en Zaragoza, el Palacio de la Alfarería. Y otro rey, Alfonso el Magnánimo, trasladó en 1424 el Santo Cáliz al Palacio Real de Valencia, su residencia de entonces.

La conquista del reino de Nápoles supuso al Magnánimo costosas campañas militares para las que necesitó préstamos, uno de ellos contraído con la jerarquía eclesiástica. El rey lo avaló con todas sus reliquias, incluido el Santo Cáliz, el cual tuvo que entregar en 1437 para condonar su deuda con la iglesia. Fue conservado y venerado durante siglos entre las reliquias de la Catedral.

"¡Una maravilla que después de tantos siglos y tantos lugares hubiera acabado en Valencia esta reliquia tan sagrada!" pensó.

Recordó emocionado la festividad de la Mare de Déu dels Desamparats, que se realiza en esta plaza en el mes de mayo. Llena con miles de Valencianos participando del traslado de la Virgen desde la Basílica hasta la Catedral por la puerta de hierro, la imagen peregrina ensalzando el ánimo de los portadores entre el cariño del público, los gritos y poemas que le ofrecen los fervientes devotos que gritan proclamando: "Valencians, tots a una veu: "¡Vixca la mare de Déu! ¡Vixca! ¡Vixca!¡Vixca!"

 Sorolla siguió caminando, pasó el Palacio del Conde de Benicarló, anteriormente la morada de los Borja (fueron dos Papas valencianos muy influyentes en Roma y en el mundo durante el Renacimiento: Calixto III y Alejandro VI) y desde aquí a pocos metros se encontraba en el río Turia, que contenía muy poco caudal de agua, pero en los temporales se solía medio llenar el cauce y la una imagen esplendorosa. Unos años antes, Valencia era una isla rodeada de agua y sus murallas marcaban el límite de la ciudad, pero estaban ya desaparecidas, ni rastro de ellas.

 Recordaba entonces la famosa expresión "Dormir a la Luna de Valencia", en alusión a la gente que no llegaba a tiempo antes de cerrar las puertas de la ciudad, por lo que tenían que hacer noche fuera a la intemperie, "extramuros", con la única compañía de la luna. Desde lo alto de las Torres de Serranos se veía el puente lleno de gente yendo y viniendo, los carruajes cargados con productos alimenticios principalmente y un poco más a lo lejos, toda la huerta de color verde que rodeaba la ciudad, un paisaje apoteósico, parecía una playa de color verdosa, que a esa hora de la tarde le daba una tonalidad preciosa. Los labradores trabajando la tierra algunos ayudados por sus caballos, el agua discurría alegremente por las acequias y penetraba en las tierras, cambiando el color seco de la arena a húmedo. Se veían distintas alquerías y barracas desperdigadas en la grandiosa extensión de tierras y al fondo del todo, a 4 km de distancia en línea recta se veía un núcleo de minúsculas construcciones que correspondían al Pueblo Nuevo del Mar y por encima de ellos, una franja azul donde se adivinaba el Mar Mediterráneo.

Sorolla tomó aire emocionado, observaba con melancolía su querida Valencia, la llevaba en el corazón y sentía alegría de estar aquí y poderla disfrutar y sentir de nuevo.

Clotilde y él eran conscientes de la importancia para sus objetivos de haber establecido la residencia en Madrid, que excepto playa lo tenía todo, la capital era el centro donde se juntaban el poder y las clases altas de la sociedad que mejor podrían pagar sus obras, darse a conocer y cultivar nuevas amistades era algo esencial para internacionalizar su pintura.

Empezó a sentir un hormigueo en el estómago, sacó el reloj de mano para ver la hora y decidió emprender el camino de vuelta para parar en la "Horchatería Santa Catalina" a degustar una bebida refrescante muy consumida en verano por los valencianos, hecha a base de chufa natural, dio el primer sorbo y cerró los ojos ante el divino sabor, así una y otra vez hasta que la terminó. Pagó la cuenta y volvió andando hasta casa, para ver a su esposa y los niños y comer junto a ellos.

Por la tarde marcharía con Clotilde, muy elegantemente vestidos para la ocasión, al Teatro Principal, pues había un gran estreno de primera y nadie quería perdérselo. Venía el gran tenor italiano Enrico Caruso e inauguraban una ópera excelente que había tenido un gran éxito anteriormente. Allí se encontraron a otros grandes pintores y amigos a los que saludaron: Joaquín Agrasot, Fillol y José Navarro Llorens, que había venido desde Godella. Acudían excitados al evento por lo que iban a ver y por el ambiente y jolgorio que se formaba una hora antes del espectáculo, todo el mundo estaba hablando y el murmullo llenaba el edificio. Era un lugar ideal para la burguesía donde se sabían mover bien, este tipo de eventos les daba la vida. Sorolla había comprado entradas para su amigo José Benlliure y su esposa, que llegarían un poco más tarde al recibir una visita esa tarde en su domicilio.

Después de dos horas de emocionante voz y espectáculo y unos minutos de aplausos la sala se vació y se volvió a armar el jolgorio en la salida del teatro, casi quinientas personas allí hablando y despidiéndose unos de otros y comentando la gran ópera que había interpretado el italiano y la poderosa voz que había demostrado.

 Se despidieron de sus amigos y se fueron paseando hacia casa para ver a los niños y cenar todos juntos.

 - Qué feliz me hacen estas tardes contigo, los dos juntos disfrutando, como siempre estás trabajando y pensando en tus pinturas y proyectos...

 - Ha sido una velada fabulosa, querida mía, y qué alegría de ver al señor Agrasot y a Benlliure, al que quiero como a un hermano, hay una hornada de excelentes pintores valencianos de la que estoy muy orgulloso.

Clotilde iba cogida del brazo de Sorolla, a pesar de los años tenían un amor mutuo, se respetaban y más importante, se comprendían.

Después de una buena cena, llegó el momento de fumar. Los hombres se quedaron en la mesa degustando una mistela y llenando de humo la sala, Antonio se quejaba del calor y de lo poco que corría el aire esa noche. Hacía poniente y el aire venía caliente, y la sensación de bochorno era mayor que cuando el aire corría de levante.

Llegada la medianoche, después de haber discutido sin parar de política, economía y sobre todo de arte, se fueron a la cama a descansar, a Sorolla le costaba coger el sueño, su imaginación campaba libremente y se preguntaba: ¿Cuán bella será la tal María de Benimàmet?

Capítulo 4. El Cabañal y la Malvarrosa.

Los primeros rayos de Sol empezaron a entrar por la ventana. Sorolla llevaba ya una hora despierto deseando que viniera la luz para empezar la jornada, soñando muy ilusionado con la playa y con su próxima pintura, con ver a José y prepararlo todo. Clotilde seguía durmiendo plácidamente y él no quería despertarla, había pasado mala noche por el niño y ellos irían más tarde hacia la playa para encontrarse allí, Joaquín reservaría mesa para comer en el restaurante del Balneario. Su suegra ya estaba preparando el desayuno y su suegro Antonio salía del baño aun con la cara mojada después de asearse y peinarse y se disponía a ir al taller de fotografía pronto para adelantar la mucha faena que tenía. Joaquín tomó café con leche y un par de trozos de *coca de llanda*; Antonio solo café, tenía prisa por iniciar la jornada. Marchó junto a su suegro a la calle, cogería el tranvía a la Malvarrosa, que salía de las inmediaciones del Temple y enfilaba hacia la plaza de Tetuán y la Glorieta para cruzar el Turia, echando resoplidos y nubes de vapor por el puente del Mar. Atrás quedaron los tranvías empujados por caballos que empezaron a funcionar en 1876, pese a la huelga y al gran disgusto de los tartaneros pues esta innovación les dejaría sin trabajo. La gente tenía mucho respeto y miedo a la máquina de vapor y muchas víctimas quedaron por el camino, por eso le llamaron con el nombre de *Ravachol*, un anarquista francés famoso por sus crímenes. Pocos años después llegaron los tranvías eléctricos.

Al salir el tranvía del Puente del Mar y cruzar la Alameda enfiló el Camino del Grao (actualmente Avda. Puerto) de 4346 metros de largo; un camino que costó mucho dinero a la ciudad pero construido estupendamente y muy necesario al quedar el antiguo camino muy desgastado. Era de tierra sin adoquinar, con las vías para la circulación del tranvía, con frondosos chopos a ambos lados para dar sombra. Desde el tranvía Sorolla divisaba lo concurrida que estaba, un continuo trasiego de calesas, carruajes, señores de buena posición camino del puerto o para disfrutar de los baños de la playa, carros de la gente de la huerta y el mar que llevan a la ciudad los frutos de su trabajo y muchos que hacían el trayecto andando al no disponer de otros medios. El camino de tierra estaba rodeado a ambos lados durante todo el trayecto por campos de naranjos y otros cultivos, huertas con hortalizas y múltiples alquerías con su orgullosa palmera, así como alguna que otra barraca (el nombre de Barraca proviene del árabe y significa suerte, pues en estos tiempos era realmente una suerte disponer de una vivienda).

Sorolla disfrutaba del paisaje y la naturaleza que envolvía el trayecto, de vez en cuando los raíles rechinaban y en una de las sacudidas del tranvía se le cayó el puro por la ventana, ya llegando al final del camino, se veía el puerto al fondo y el pueblo de Villanueva del Grao (en 1897 pasaría a formar parte de Valencia) con sus elegantes y grandes edificios, quedando la Iglesia de Santa María del Mar a la izquierda así como las Reales Atarazanas, algunas industrias que se habían ubicado junto al Puerto y alguna que otra envasadora de vinos que eran apreciados y exportados a otros países, el trayecto se prolongó unos cuantos kilómetros más hasta dar servicio al vecino Pueblo del Mar.

Cuando el tranvía se detuvo, divisó la hermosa playa con su pasillo desde la *Casa dels Bous*, lugar donde se guardaban los bueyes para remolcar las barcas y poderlas sacar del agua. Se llamaba así porque era como se denominaba el estilo de pesca con bueyes, no porque albergase a las reses. En esos momentos se veía a 2 bueyes tirando de una barca anclada en la orilla, de tamaño mediano con sus 2 velas grandes, blancas, desplegadas, en constante movimiento por la agradable brisa marina.

Joaquín bajó con la multitud que llenaba el transporte, estaba cerca del "Balneario Las Arenas". A sus espaldas se divisaba todo el Pueblo Nuevo del Mar (que cuando se anexionó a Valencia en 1897, pasarían a llamarse El Cabañal y Cañamelar; la primera nombrada así por su propia definición como una población formada por cabañas o viviendas rústicas ya que en sus orígenes estaba conformado por hileras contiguas de barracas y el Cañamelar, de la palabra del valenciano "cañamel" que significa cañas de azúcar ya que abundaba en esta zona antiguamente), contaba con una población de 8500 habitantes y 1700 edificios, el 66% eran barracas, si añadimos las 375 construcciones de 1 solo piso podemos imaginar el aspecto que tenía, estaba constituido por 8 o 9 irregulares calles que discurrían paralelas al mar, con las filas de barracas valencianas y alguna casa de ladrillo donde habitaban los pescadores y sus familias, también muchos agricultores ya que disponía de una amplia huerta a sus espaldas que llegaba hasta la misma ciudad de Valencia, le seguía la "acequia de Gas", donde se veían algunos patos jugueteando en el agua y a las mujeres yendo y viniendo, agachadas lavando la ropa en el agua de la acequia y rodeadas por algo de vegetación. Debido a los anteriores incendios prohibieron construir las incendiarias barracas y las nuevas construcciones debían ser de obra.

Al fondo del todo estaba la Acequia del Riuet, que marcaba el límite con el pueblo vecino y después el Puerto de Valencia con multitud de grandes barcos de carga de mercancías situados en fila, uno al lado del otro y los edificios de mayor altura de Villanueva del Grao, que eran habitados por la gente más opulenta; dueños de navieras, bodegas, transitarías, industriales. Desde el Cabañal se veía como las casas iban ganando tamaño conforme se iban acercando a Villanueva del

Grao, un indicio de las distintas clases sociales. Observó el lejano paisaje, contaba así por encima, unas cinco naves, multitud de estibadores a todo ritmo y carrozas con mercancías arrastradas por caballos en fila india, esperando su turno para descargar el género que sería embarcado y exportado a otros países, varios de los buques eran de la naviera valenciana *Fos*, que con el tiempo se convertiría en líder mundial del remolque marítimo de la mano de la familia Boluda.

Y en el lado opuesto, a su izquierda, a lo lejos se veía llegar otra caudalosa acequia y pasándola estaba "La Malvarrosa", una zona todavía bastante virgen y natural, que fue en sus inicios una zona de humedales y que, hacia 1848, había sido adquirida por el francés Félix Robillard, el cual trabajaba en el Jardín Botánico. Previendo unas inmejorables condiciones para la explotación agrícola de la zona, Robillard desecó los terrenos y plantó flores: rosas, jazmines y, especialmente, un tipo de geranio cuyo nombre, *Malva-rosa*, utilizó para bautizar el próspero establecimiento hortícola que terminó por construir en 1865. Tuvo un gran éxito y sus perfumes y colonias se exportaban a muchos países. De aquí el nombre de este barrio y playa tan fabulosa.

En estos últimos años seguía siendo una productiva zona de huerta, un paisaje verde, bien regado. La gente "pudiente" comenzó a ver la playa de la Malvarrosa como un sitio ideal de relax, desplazando poco a poco a las naves de pesca que, hasta esos momentos, eran las únicas que la poblaban, así que se empezó a edificar alguna vivienda frente al mar. Uno de sus primeros habitantes sería Vicente Blasco Ibáñez, que deseaba estar alejado del gentío para poder escribir relajadamente.

Y al final del todo estaba la "Acequia de Vera", por donde venía el agua para el regadío, seguida de Alboraia.

Sorolla miró al frente y se dirigió a la puerta del balneario. A pesar de lo temprano del día, no llegaban a ser las 10 de la mañana. El sol ya empezaba a dominar el ambiente y el sendero de arena lleno de agujeros era un ir y venir de gente, todos con prisa como si no hubiera un mañana para intentar coger el mejor sitio. Alzó la vista y vio que la mitad de la playa se hallaba ya ocupada con toldos para la sombra, la mayoría del propio balneario donde accedían pagando. Los que no podían o querían pagar, se ponían en los laterales sin invadir este trozo de playa que se consideraba "privada", pero tanto los que tenían mejor economía como los que no… unos y otros eran felices en la playa; unos con más lujo y otros con menos, pero todos disfrutaban por igual. Al girar la cabeza ya podía ver al bedel y amigo José García levantando la mano para que lo viera.

Un fuerte apretón de manos seguido de un corto abrazo sirvió de encuentro entre los dos viejos amigos. José era un niño que empezaba como ayudante del bedel en la Escuela de Bellas Artes de San Carlos, ambos hicieron buena amistad, y la escuela, ante el reconocimiento ganado por Sorolla y que beneficiaba en prestigio a la institución, siempre tenía toda la colaboración y los brazos abiertos para su distinguido alumno, entre ellos la ayuda de José, para cualquier tarea relacionada con su arte, un placer poder contar con su inestimable colaboración.

Después de 15 minutos de conversación para ponerse al día, Sorolla le expresó las ideas a su ayudante.

- Mira, José, quiero retratar la difícil y dura vida de los pescadores, voy a necesitar que me ayudes a preparar la escena y encontrar algunos modelos para poder representar. Había pensado pintar en el interior de una barca a un muchacho joven que ha perdido la vida en el mar, tumbado en el suelo, con su padre cogiéndole la cabeza y su abuelo también mirando, ambos desesperados ante la cruda realidad de no poderlo revivir. Por supuesto a plena luz del día, quisiera que un reflejo de luz entrara en el barco e hiciera relucir una medalla que llevara colgada en el cuello el muchacho con la Virgen del Carmen (Patrona de los marineros). A un lado pondría un capazo con el poco pescado que han cogido en el duro día y algunos utensilios de pesca.

- Maestro, ¡es usted un genio! Ese retrato dará mucho que hablar, no se preocupe que cuenta con toda mi dedicación y sapiencia para ayudarle en lo que un pobre servidor sea capaz. He dispuesto ya material para la pintura, y gracias a un conocido nos han dado un espacio en la *Casa dels Bous* para poder guardarlo durante la semana mientras usted esté pintando. ¡Esta misma tarde hablo allí con algunos pescadores y le consigo la barca y a una familia de pescadores que puedan estar esta semana disponibles a cambio de unas monedas! Mañana a primera hora lo tendrá todo, don Joaquín.

- ¡Estupendo, José, no sé qué haría sin ti! Mañana vendré temprano, sobre las 8, quiero empezar a hacer unos bocetos a ver cuál es la composición idónea antes de ponerme a pintarlo. Esta tarde voy a comer con mi familia y pasar un rato en la playa para que jueguen los pequeñuelos, me servirá para desconectar un poco y mañana empezar a pleno rendimiento. Si te surge algún problema con el encargo que te he realizado estaré en el balneario, puedes preguntar por mí, que no te podrán problema.

- Gracias, don Joaquín, no se preocupe y disfrute de su familia, que mañana estará todo preparado. Le veo mañana aquí a primera hora. ¡Vaya con Dios!

- Por último José, pásate esta tarde por la tienda de Luis Viguer a recoger el encargo de pinturas y lienzos, ya sabes en la calle Corretgeria (aquí se aglutinaban en el pasado los prestigiosos artesanos de este gremio tan necesario, que elaboraban las correas de cuero y piel para las caballerizas). Hasta mañana, vaya con Dios.

Era ya mediodía y Sorolla se reunió con su mujer y los niños, les acompañaba también una hermana de Clotilde, llevaban una vestimenta fresca y una pamela para protegerse del sol. El lugar ideal para ver y dejarse ver, allí acudían los más ilustres nobles y políticos. Los niños marcharon corriendo dirección al agua y la cuñada salió detrás para cuidar de ellos, y así permitir que pudieran hablar con la intimidad que un matrimonio necesita.

Llegó el camarero, tenían reservada una paella pero pidieron unos entrantes mientras terminaba de hacerse: clóchinas, calamares y ensalada de tomate y cebolla; pidieron vino de la casa y agua.

Levantando la mano, Clotilde avisó a su hermana para que volviera, ya que no tardarían en servirles. A pesar de lo concurrido que estaba, el local tenía una buena proporción de camareros, había por lo menos 40 mesas de distintos tamaños y más de la mitad ya estaban llenas, el resto todo reservado porque todavía era hora temprana.

El alcalde de Valencia, D. Joaquín Reig, se acercó a saludar y estuvieron conversando unos minutos. Posteriormente marchó a la mesa junto a unos concejales con los que iba a comer.

Empezaron a llegar los primeros platos y, entre bocado y bocado, siguieron de agradable y relajada tertulia, poniéndoles la hermana al día de todos los sucesos de los últimos meses vividos en la familia y en Valencia.

Después se sentaron cara al mar en unas cómodas hamacas con sombrilla, Sorolla encendió un habano mientras esperaba un cóctel que había solicitado y miraba feliz contemplando una a una a todas las personas disfrutando en la playa, en especial a los niños jugando en la orilla, todos rebosaban una alegría que contagiaba. Pensó en lo bonito que quedaría en un cuadro…

Suspiró profundamente y exclamó en voz baja:

- Por fin en casa, mi Mediterráneo… ¡La luz más bonita del mundo!

Y así pasaron la feliz tarde hasta que el sol empezó a ocultarse y marcharon hacia el tranvía para a casa, todos contentos.

Sorolla estaba profundamente inspirado, deseaba coger el pincel cuanto antes. Estar cerca del mar le rejuvenecía, le daba energía, le inspiraba plenamente.

Al día siguiente, en el mismo lugar donde se despidieron la jornada anterior, ya estaba José con los 3 pescadores protagonistas de su próxima pintura, se los presentó y les explicó en qué consistía el trabajo y qué quería representar, y se mostraron muy receptivos y con ilusión de participar.

Fueron andando por la arena de la playa hasta llegar a la barca de tamaño mediano y se metieron dentro. José dejó las pinturas guardadas de momento, ya que hoy el pintor quería probar distintas composiciones y pintar algunos bocetos a carboncillo.

Pasó la mañana volando, más para él - que estaba absorto en su fantasía - que para los pescadores, que suspiraban cuando llevaban una hora sin cambiar de postura ni moverse mientras el artista hacía pruebas.

Bien, por hoy ya estaba bien, el maestro tenía ya una composición aproximada de lo que deseaba; pintaría solo por las mañanas por la luz del sol que venía del este y entraba dentro de la bodega de la barca dando el tono que deseaba. Sorolla estaba contento, sabía perfectamente lo que anhelaba y ya lo tenía todo claro en su mente, por eso invitó a sus ayudantes a un vino con agua de seltz y unos aperitivos en la bodega *Casa Montaña*, un local muy conocido en el Cabañal, tenía ya 60 años de antigüedad y estaría muy bien regentado en el futuro por Ramona Montaña, la hija de los fundadores.

Se despidieron hasta el miércoles, ya que mañana sábado tenían previsto ir toda la familia al huerto del que disponía su cuñado Luis Moscardó en Alzira para pasar unos días en el campo en contacto con la naturaleza. De paso vería a su gran amigo, el pintor alcireño Teodoro Andrés, por el cual sentía un gran aprecio.

A su regreso hacia el tranvía, pasó por la bonita Iglesia de Nuestra Señora de los Ángeles, el núcleo a partir del cual se desarrollaba el Nuevo Pueblo del Mar. En una esquina estaba un señor mayor entregando un paquete de puros a otro hombre, Sorolla aprovechó para acercarse y comprarle también unos cigarros puros ya que el contrabando formaba parte del ADN de los poblados marítimos, era una actividad muy cotidiana entre sus gentes, muy necesaria y bien remunerada (tabaco, medicinas, nylon…).

Esa misma tarde cogieron el tren toda la familia, casi todo el camino desde Valencia a Alzira estaba rodeado fundamentalmente por cítricos, y más concretamente de naranjos, el viento perfumaba el aire de azahar por los cuatro costados, pasaron por Silla, Benifaió y Algemesí, donde le vino el recuerdo de la bonitas fiestas y su muixeranga, a lo lejos vio Alginet, Carlet y L'Alcúdia, con su imponente iglesia a la que llamaban "La Catedral de la Ribera". Le vino a la mente los kakis de l'Alcúdia que le compraban en la Cooperativa Agrícola unos amigos de este pueblo: Eugenio Serrano y su buena mujer, Mª Jesús Muñoz Llácer, que siempre estaban dispuestos a ayudar. Le mandaban los kakis a Madrid por cajas para que nunca les faltara este delicioso manjar además de naranjas valencinas.

Alzira contaba con casi 20.000 habitantes, era la ciudad más poblada de la Ribera y seguía dividida en dos zonas: la isla (toda embutida, donde no había ya espacio) y la zona del Arrabal, en la otra parte del río. Una vez cruzabas el puente, crecía a lo ancho sin ton ni son, ante el desmesurado espacio a un lado. En el Arrabal se situaba el barrio medieval de la Judería. Los pocos judíos que poblaron Alzira antes de la expulsión de 1492 estuvieron instalados fuera de las murallas islámicas de la ciudad y, por tanto, fuera de la isla. El puente del Arrabal o *San Bernat* ciertamente era el único puente que comunicaba ambas partes o mitades de Alzira: la parte vieja con el Arrabal. Así, era una de las dos salidas de la vieja ciudad edificada sobre la isla. El Júcar peinaba sus aguas fangosas y rojizas en los machones del puente. Unas cuantas canoas se balanceaban amarradas a las casas de la orilla.

Pasaron unos días muy agradables: los niños jugando todo el rato corriendo sin parar, por las mañanas salían a pasear por los senderos viendo los distintos campos y animalejos que salían al paso, los labradores trabajando y alguna que otra carruaje con gente bien vestida de visita a algún otro familiar, demostrando su posición social.

Sorolla era más de pintar el mar Mediterráneo que la montaña o los campos y sus gentes, pero en un día así le entraba una cierta inspiración y ganas de plasmarlo en un lienzo, algunos encargos recibía sobre la huerta y los naranjos.

Algunas tardes se iban los hombres al Casino y también al Círculo de la Gallera; el consumo de tabaco allí era desproporcionado, siempre estaba lleno de humo y los hombres discutían de política y la cosecha de naranjas. El jaleo era ensordecedor, ellos aprovechaban para jugar la partida de cartas y pasar la tarde amigablemente, después hacían algunas apuestas en las peleas de gallos que traían desde Filipinas. El alboroto, el nerviosismo y la diversión eran máximos en la sala. Estos días de jolgorio le sirvieron para desconectar totalmente, y salvo una mañana que realizó unos bocetos de un campo de naranjos con unos labradores, no cogió carboncillo alguno.

El cultivo comercial del naranjo no alcanzaría su impulso definitivo hasta la segunda mitad del siglo XIX, cuando confluyeron algunos factores como la crisis sericícola (la cría del gusano de seda), la demanda de fruta fresca por parte de países europeos, la implantación del ferrocarril y la navegación a vapor, el interés por las inversiones agrícolas de la burguesía valenciana y la generalización de la máquina a vapor para la elevación de las aguas subterráneas a partir de 1880.

Anteriormente, el naranjo era un apreciado árbol de jardín que crecía de forma aislada como ornamento de algunas casas de campo, y mayoritariamente en huertos de recreo periurbanos fertilizados por el caudal de las acequias, donde convivía formando cuadros o hileras con otras especies como el granado, la morera, el mirto y otras verduras y plantas aromáticas.

Durante el siglo XVIII comenzaron a transformarse los secanos de su entorno en deliciosos huertos gracias a la perforación de pozos y la instalación de norias. Se introdujo allí el cultivo de naranjos y granados, y muy en breve se transformó en vergeles aquel terreno árido, donde sus dueños construyeron sus casas de recreo. El camino que llevaba al palacete familiar se cerraba a ambos lados con muros de mampostería que rodeaban el perímetro de los huertos, sobre los que se alineaban los volúmenes imponentes de las casas señoriales de tres plantas, acompañadas por numerosas palmeras que elevaban sus mástiles hacia el cielo. Los altos muros impedían que la mirada del viajero penetrase en su interior, pero las palmeras y las copas de los naranjos que sobresalían hacían presagiar la belleza que encerraban. Para Sorolla era un privilegio poder atravesar esos muros.

El martes por la mañana subieron la *Montañeta de San Salvador* hasta la Ermita. Desde lo alto, una vista maravillosa llena de frondosas copas verdes iba más allá de lo que la mirada alcanzaba. El miércoles fueron al mercado a realizar pequeñas compras por parte de Clotilde y de ahí, corriendo a la estación de tren de vuelta a casa, habían sido unos días de diversión familiar y de disfrute de la naturaleza.

Ya casi llegando a Valencia, su suegro y él bajaron en la parada de Alfafar-Benetússer para ir a una fábrica de muebles ubicada en esta última población conocida como "la cuna del mueble". Allí les esperaba un conocido suyo para recibir el encargo de Antonio de una nueva vitrina para exposición que quería poner en su tienda.

Le quiso enseñar a su suegro el Palacio de Benetússer, que había heredado hace 10 años la hija de los Marqueses de Dos Aguas, Sofía Dasí Puigmoltó, casada con el Conde de Bervedel. Se encontraba junto al Calvario y la Acequia de Favara.

Pasaron por el Molino y por último visitaron la iglesia parroquial Nuestra Señora del Socorro. En Benetússer residían casi 1000 personas, era una población con marcado carácter industrial y al disponer de muy poco terreno, no llegaba todo el término a 1 km2. Al norte estaba el barrio del *Rajolar*, que debe su nombre a la fábrica de ladrillos (*rajoles* en valenciano) de Bautista Company.

Una vez realizado el encargo del mueble en la fábrica de los *Nardís* (se llamaba así por la familia de los Nardís de Albal) fueron a una fundición de bronce que también les habían recomendado, llamaron a la puerta y les atendió una trabajadora rubia, muy simpática y con cara de buena persona. Se llamaba Carmen Badía Juraco, ella y sus hermanas Amparo y Teresa llevaban muchos años en esta fábrica. Carmen les explicó que su jefe había salido para toda la mañana, pero ella les enseñaría el catálogo y les asesoraría. Al final encargaron una lámpara grande muy ornamentada para el centro de la tienda, salieron muy satisfechos y el encargo estaría en dos semanas, y se lo llevarían a la tienda por unas monedas más.

Al salir, faltaba la visita a una importante destilería del pueblo para adquirir unas botellas de licor y de cazalla. Hecho esto, fueron ya hacia el tren para retomar el regreso a casa, comentado acerca de las numerosas industrias de Benetússer.

Al llegar a la Estación de Valencia, las calesas estaban en fila esperando la llegada de los viajeros para llevarles a sus destinos y ofreciendo continuamente sus servicios. Al estar a dos pasos de su casa, suegro y yerno giraron la cabeza ante la insistencia de los tartaneros y siguieron su camino hacia la Plaza de San Francisco, donde tenían el estudio y la residencia familiar.

Llegando a casa ya al anochecer, estaban sacando las bandejas con la cena en la mesa del comedor, todos fueron tomando asiento y sirviéndose la comida. La charla durante la cena estuvo centrada en los detalles de los distintos encargos realizados en Benetússer.

A la mañana siguiente, esperaban todos junto a la barca la llegada del maestro, se saludaron y adoptaron la postura explicada por Sorolla. Éste les miraba e iba corrigiendo, así estuvieron más de una hora. Empezaba ya hacer calor y el sol ya penetraba en la bodega en la mejor posición posible.

Sorolla, consciente de la importancia de la luz, estuvo observando el juego de luces y sombras sobre los cuerpos de sus modelos. Era ideal, les pidió que no se moviesen, así que sacó el carboncillo y empezó a dibujar trazos en el lienzo: iba distribuyendo los cuerpos, las medidas, los volúmenes… Así pasó la mañana entera, los pescadores resoplaban:

- *Redéu, un descanset*!

- ¡*Recollons*, no os mováis que ya falta poco!

Al terminar la velada les invitó a unos vinos en la bodega y marcharon para casa, cada uno por un lado, excepto José, que volvió en el tranvía junto a Sorolla.

Un buen recibimiento le brindaron sus hijos al llegar a casa y Clotilde, cariñosa y contenta, le preguntó cómo le había ido el trabajo y la mañana en la playa.

Por la tarde, después de reposar la comida un rato y disfrutar de un buen habano, se echó una buena siesta veraniega y se levantó con las energías renovadas, decidió salir con su esposa y los críos a pasear a los Jardines del Real para que los niños disfrutaran, mientras la pareja hablaba de proyectos futuros.

- La semana que viene, si he terminado este cuadro, quiero pasarla en Benimàmet, iré a hablar con el médico que nos recomendaron y de paso iré a pintar el paisaje.

- Yo creo que esas vistase de montaña no te van a aportar mucho, además… eso de que hayas contratado a una modelo joven… ¡no me hace mucha gracia que pases allí la semana con ella!

- ¡Pero amada mía! ¡Todo mi cariño está reconcentrado en ti! Es un paisaje diferente y muy bonito, es como un mar pero de color blanco, con muchos matices, luces y sombras. Y lo de la modelo es porque me la han recomendado, y es bueno variar personajes de vez en cuando, en casi todos estás tú porque yo sólo tengo ojos para ti. Además, me llevaré a mis aprendices Manuel Benedito y al hijo de Benlliure, Peppino, ya que los dos están ilusionados por pintar allí junto a mí.

- ¿Y en la playa pintarás algo más?

- Sí, estoy haciendo unos bocetos y preparando composiciones para otro, pero ya lo acabaré en Madrid.

La tarde discurrió de manera relajada, sentados en un banco a la sombra de un frondoso árbol. Los niños, distraídos haciendo agujeros en la arena y jugando con las piedras y algún que otro insecto terrestre que pasaba por allí. Ya en casa degustaron una suculenta pero ligera cena, Clotilde acostó a los niños y al rato fueron a dormir, hacía un calor de poniente sofocante y el aire apenas entraba por las ventanas ni en la madrugada. Le costó dormirse pero al final lo consiguió.

Y así fue transcurriendo la semana y terminando el cuadro: en el interior de la bodega de un barco pesquero, un joven marinero está entre la vida y la muerte, pues acaba de tener un accidente laboral. Dos familiares compañeros y veteranos atienden al accidentado, apenas un niño. Por sus caras y la solemnidad llena de dramatismo de la obra, se teme lo peor. La luz penetra por la escotilla y baña la bodega de penumbra, un recurso lumínico perfecto para el tono de la escena. Una luz que refleja en la medalla que tiene el joven pescador en su cuello, una medalla de la Virgen del Carmen, protectora de los hombres del mar. Los pescados brillan también con esa luz. Es el producto por el que acaba de dar la vida este joven marinero. *¡Y aún dicen que el pescado es caro…!*

Con ese título hacía alusión a la novela *Flor de Mayo* de su gran amigo Vicente Blasco Ibáñez, en la que muere un pescador y su tía se lamenta de lo sucedido: "¡Que viniesen allí todas las zorras que regateaban al comprar en la pescadería! ¿Aún les parecía caro el pescado? ¡A duro debía costar la libra…!".

Y así consiguió terminar tan excelente cuadro que más adelante alguna buena sorpresa le daría. Sorolla estaba orgulloso de esta obra.

Durante el fin de semana fue terminando la otra pintura que estaba también llevando a cabo. Era un cuadro más grande, de 2 metros, y representaba a dos pescadores limpiando las nasas mientras aguardaban la llegada de los bueyes que debían arrastrar la barca fuera del agua. La luz brillaba en las mismas nasas en forma de reflejos y palpitaba en los sombreros de paja y en la camisa blanca; deslumbraba en la espuma ondulante, se sentía el viento que hinchaba la vela que se desparramaba por toda la escena… Sería una escena impresionante. A este cuadro le llamaría *Pescadores Valencianos*

El extraordinario torrente de colores irradiaría con una luz insultantemente dorada que se depositaría hasta en la superficie del agua y en las crestas de las olas y que ofrecería sus mejores contrastes en el ocre de los bueyes y en el amarillo de algunos fragmentos de la indumentaria de los hombres.

Una vez acabada la mayor parte de la pintura, se despidió de los pescadores que habían posado pacientemente; ya terminaría los detalles con más calma en Madrid. Les invitó a un trago por última vez y se despidió de ellos dando las gracias por la colaboración.

Regresó a casa, y ya en su mente soñaba con el siguiente cuadro, al día siguiente iría a Benimàmet a reconocer el terreno y el lunes se presentaría a María y se pondría manos a la obra.

A Clotilde le encantó la idea de los dos cuadros, abrazaba a su marido ilusionada ante semejantes obras de arte. Le dijo a Joaquín que el cuadro *¡Y aún dicen que el pescado es caro!* lo mandarían a la Exposición Nacional de Bellas Artes para el próximo año, y estaba convencida de que acabaría premiado.

Mañana empezaba nuevo proyecto; iría él sólo a pasar la mañana y terminar de valorar los paisajes *in situ* y reconocer bien la zona, quería aprovechar al máximo su estancia en Valencia y plasmar la luz que tanto le enamoraba desde otro punto de vista diferente, en este caso la luz filtrada.

De paso, ¿se encontraría allí en Benimàmet con María Beni?

Capítulo 5. En Benimàmet.

Bien temprano tomaba el tren que iba en dirección a Llíria, un trayecto bastante corto, y al estar llegando a Benimàmet empezó a ver desde la ventana el paisaje cubierto totalmente de blanco cal de la viviendas con sus alargadas chimeneas, flores y algunos árboles que tanto asombraban a todos los pasajeros que hacían este trayecto. Era la zona de las cuevas *Camales,* que estaban justo al lado de las vías del tren, había tantas tonalidades de blancos como flores crecían de forma silvestre, todo el conjunto formaba un lugar muy pintoresco que además contaba con gente trabajadora y humilde a la que quería representar. Del mar y de los pescadores, pasábamos al campo y los labradores, un panorama totalmente diferente.

Las viviendas se "calaban" o pintaban con cal, se había impuesto por decreto y tenía efectos positivos, ya que la cal repelía a los insectos y también desinfectaba, ideal para la lucha contra las epidemias y mejorar la higiene, además era buena impermeabilizando las casas; un material duradero y útil para las humedades.

Benimàmet estaba a 6 kilómetros de Valencia, casi una hora andando o veinte minutos a caballo, pero la llegada del tren volvió accesible y cómoda esta distancia, por el medio se encontraban campos y caminos de tierra y también pequeños pueblos como Beniferri, Campanar y Benicalap que ya habían sido anexionados a la ciudad. Burjassot y Paterna, flaqueaban a esta pedanía, quedaban a un paseo de 10 minutos. Benimàmet había sido pueblo independiente hasta el año 1.882, en el que fue anexionado a la ciudad de Valencia. Era una población agrícola principalmente, con cerca de 2000 habitantes. El tren llegó en 1888, y al seguir el trayecto la curva de nivel entre Marxalenes y Paterna, quedó la estación alejada del núcleo urbano a una distancia próxima a los 500 metros, pero fue un revulsivo para el crecimiento y desarrollo de la población.

 Estaba compuesto por unas 400 casas, la mayoría de 2 plantas. La planta de abajo era para la vivienda y la de arriba, la *cambra,* para guardar y conservar las cosechas. Todo se articulaba alrededor de 2 calles importantes: la del *Camino a Paterna* y la de *Burjassot* y alrededor de éstas, nacían ocho o nueve calles más, todas de arena con algunos agujeros del propio desgaste pero que los vecinos las mantenían limpias a pesar del paso de los caballos y esporádicamente algún rebaño de ganado, era todavía un pequeño núcleo. La mayoría de los vecinos pertenecían a familias numerosas, apellidos frecuentes como Barrachina, Benlloch, Calatrava, Llopis, Pons, Llavata, Hueso, Llobat, Estelles, Fabra, Blat, Chulià, Alcañiz o Agrait eran habituales, pero aquí todos tenían un mote: *el Blanco, el Roig, el Potrero, el Salitre, el Moreno, el Coheter, el Pelat, els Pancheta, el Pelut…* y así hasta más de mil apodos; era habitual y formaba parte de la cultura de cada pueblo.

Los vecinos disponían de la Iglesia de San Vicente Mártir, el Castillo feudal al lado, dos colegios, una carnicería, dos ultramarinos, carpinterías, herrero, cinco vaquerías, la casa del médico, farmacia, varias tabernas y un pozo de agua de manantial con mucho prestigio después de la epidemia del cólera de 1885. También había 3 pozos para obtener agua en la calle Castillo, Plaza de la Tienda y Plaza del Mercado, donde acudían frecuentemente las mujeres con sus cubos para poder llevar agua hasta casa. Había un par de bebederos, después de duras jornadas de trabajo en la huerta bajo el sol arrollador, los caballos bebían aquí y encontraban gran alivio. Comenzaban a construirse chalets y villas de veraneo desperdigados en la parte alta o *Montañeta* y junto a la estación del tren por parte de la burguesía de la capital, que encontraron en Benimàmet un lugar de retiro perfecto rodeado de naturaleza. Se hablaba de un tal Carmelo Llavata, constructor de la zona al que no le faltaba trabajo ni *dinerets*, pero debido a la inteligente administración de su señora, Amparo Soler, que controlaba como una sargenta los gastos de la casa, pues había que alimentar a 7 hijos.

 En Valencia había un gran problema con la infección de las aguas con el virus del cólera y eso, sumado a la llegada del tren, atrajo a muchos nuevos vecinos que buscaban espacios más amplios y con aires y aguas más sanos. Estos burgueses o comerciantes de éxito, adoptaban el estilo arquitectónico de moda en estos tiempos, el Modernismo, un estilo que buscaba hacer la casa más bonita que el de al lado, todo diseñado con puro arte y realizado la mayor parte de forma artesanal, utilizando con hierro, piedra y cristal diseños basados en la naturaleza, flores, plantas y animales. Esto permitía disfrutar de una casa preciosa y además aparentar el status que correspondía, eran personas de éxito y tenían que expresarlo en sus fachadas. Contrastando la opulencia había cinco zonas diferenciadas con viviendas cueva excavadas en la roca donde vivía la gente más humilde (las zonas de *Camales, Les Carolines Regina, Vista Alegre* y *Pedrereta*, siendo las dos primeras las más pobladas). Se ubicaban también en el término las alquerías musulmanas de *Mossén Povo* y dos Molinos llamado *Bon Any* y *El Molinet*, todo ello regado por las Acequias de Moncada y de Tormos. Todo el pueblo estaba rodeado de campos, con árboles frutales, trigo, cereales, hortalizas, legumbres, tubérculos, tabaco... una trabajada actividad, convertir estas tierras de secano en regadío fue toda una proeza y un trabajo duro que costó años de continuado esfuerzo. Las familias más prósperas disponían de algún caballo para poder cultivar la tierra y como medio de transporte. Los cerdos, vacas, gallinas y conejos también formaban parte del patrimonio familiar que se criaban junto a las viviendas. Se creó la *Sociedad Hermandad de Labradores* y la de *Colombicultura*.

En la parte alta de Benimàmet estaba ubicado el *Polvorín*, era el lugar donde el ejército guardaba la pólvora de toda la ciudad, un lugar que sería visitado posteriormente también por el escritor Hemingway, y muchísimos años más tarde se instalaría en esa zona la Feria Muestrario Internacional de Valencia.

Sorolla bajó del tren en la parada de Benimàmet. Al frente, a unos 100 metros, había un pequeño cementerio, y por la parte de atrás de éste, una colina con viviendas cueva (cuevas *Regina*). El paisaje continuaba hacia la derecha, allí se amontonaban un poblado grupo de viviendas cueva donde destacaban las numerosas chimeneas blancas que sobresalían, algunos algarrobos y pinos desperdigados entre las viviendas y bonitas flores con un llamativo colorido. La vista era preciosa, estuvo unos diez minutos contemplándolo e intentando adivinar cuántas tonalidades de blancos podía apreciar… ¡Increíble! El olor a naturaleza, a pinos, le invitaba a llenar los pulmones con semejante perfume natural. A mano izquierda, junto a un camino de tierra estaba la Acequia de Uncía o "de los frailes" y, junto a ella, podía ver campos de huerta. Al otro lado, las vistas eran totalmente diferente: tierras de secano con arena seca y áspera con viñas y multitud algarrobos repartidos por todo el terreno.

Fue andando por la senda de la acequia de los frailes, el secano a la derecha y huertos de regadío a la izquierda, de un vistazo podía contemplar un paisaje verdoso y al otro lado totalmente seco, interesante contraste. En su paseo entre las cuevas *Camales* y *Carolines* para la búsqueda del paisaje ideal que quería retratar, se encontró también con las cuevas de *Vista-alegre*, que eran las más antiguas, donde se habían hallado monedas del Bajo Imperio Romano, y al fondo, ya se divisaba la *Montañeta* con algarrobos y pinos. Detrás estaban las pequeñas construcciones que albergaban las cuevas subterráneas del *Polvorín* de la Tercera Región Militar. Estaba el artista ensimismado contemplando las distintas tonalidades del lugar y de la huerta de Valencia, cuando de frente se topó con una mujer elegantemente vestida con sombrero a la que saludó con un "buenos días".

- ¡Buenos días! Usted es don Joaquín Sorolla, ¿verdad? ¡Qué honor tenerle por aquí! Tuve ocasión de conocer su gran trabajo a través del periódico. ¡Qué bien pinta usted! Yo soy Aurora Barber, la nueva maestra de Benimàmet, llevo apenas un año aquí. ¿Se ha perdido usted? ¿Puedo ayudarle en algo?

- ¡Hola, Doña Aurora! Encantado de conocerla. ¡Pues sí, ha acertado usted! He venido a reconocer el terreno y deseo ponerme a trabajar en mi próxima pintura y poder reflejar la belleza de estos paisajes y su gente. Por cierto… ¿voy en buena dirección para ir a las cuevas *Camales*?

- Mire estos campos que estamos pisando, son de la familia Fenollera (uno de sus descendientes, el sacerdote Miguel Fenollera Roca, crearía el colegio "El Ave María" con métodos de enseñanza pioneros). Si sigue el sendero en la dirección que ha tomado llegará a *Les Carolines*, donde mucha gente vive en sus cuevas, y si continúa andado llegará a Paterna… ¡Casi se puede ver desde aquí su Torre! Si se da la vuelta en dirección contraria, al fondo encontrará las cuevas *Camales*, es lo primero que habrá visto con el tren si venía desde Valencia.

- Cierto, sí lo he visto desde el tren y es fantástico. ¿Y dónde se encuentra el núcleo del pueblo?

- El pueblo allí enfrente lo tiene, son 5 minutos andando, por ese camino que hay junto a la estación llegará enseguida. Atravesará una alameda de árboles, lo que era el antiguo camino del Calvario, que ahora lo han trasladado al lado de la Iglesia. Si sigue el camino enseguida encontrará el pueblo. ¡Ya verá usted que es muy buena gente, gente humilde! La mayoría son labradores que con mucho esfuerzo sacan adelante sus familias, pero cuando llegan las fiestas las disfrutan como el que más, y si algún vecino necesita ayuda, se desviven por ayudarle.

- Estupendo, Doña Aurora, gracias por la información. Voy a terminar de ver *Les Carolines*, después iré a ver las cuevas *Camales* y por último al pueblo. Quiero mezclarme con la gente y empaparme de su esencia, de su vida. ¡Un placer hablar con usted!

Siguió andando hasta las cuevas *Les Carolines*, las estuvo observando un buen rato y volvió de regreso hasta la otra punta donde se encontraban las cuevas *Camales*. Era una llanura que iba ganando algo de altitud conforme alejaba la vista, con multitud de chimeneas, todas bien pintadas con cal en un blanco impoluto, mezcladas con suelo de roca y algo de tierra donde algún que otro árbol crecía. Las viviendas, cavadas en el suelo, tenían un patio a la entrada en forma de bajada que daba acceso a la casa. Por dentro, el comedor con la cocina, algunas habitaciones y un patio interior con luz natural. Todas estaban cavadas a mano con pico y pala, bajo la roca calcárea, eran frescas en verano y cálidas en invierno. Se quedó apreciando el paisaje y pensando en cuál sería la de María y si estaría por ahí ahora, solo veía a unos niños jugando y a un grupo de tres mujeres cargadas con unos capazos de ropa, irían a la acequia a lavarla. Otro señor venía andando con su gorra y con ropa de labrador algo sucia del trabajo realizado, con un saco cargado a la espalda, seguramente algo cosechado recientemente y que se llevaba para su cueva. Muy cerca, un burro descansaba plácidamente atado a un árbol y dos perros jugando entre ellos completaban la bonita escena campestre.

A lo lejos una mujer gritaba:

- ¡Juanaaaa! ¿Has empezado ya a *hasé* la comida?

- ¡Noooo, más tarde Paqui, estoy esperando al chiquillo que me traiga la verdura del huerto!

 Otro señor estaba encalando la vivienda, aprovechaba la sombra de un pino que tenía al lado para pintar por fuera su subterránea casa.

 El calor empezaba a hacerse evidente. Joaquín levantó su sombrero y con la otra mano se secó la frente con un pañuelo. Era hora de ir al pueblo y refrescarse. Pasando la estación de tren giró hacia la izquierda, y por la alameda con árboles a ambos lados fue caminando bajo la sombra… el pueblo estaba al fondo. Paró en la taberna, allí le esperaba el doctor con el que había quedado unos días antes por carta, se saludaron y sentaron a tomar un vino. En una esquina del bar había un señor elegantemente vestido, con ropa recién lavada, bien planchada y sombrero de porte señorial, estaba sentado en un taburete alto, rodeado de unos seis hombres con vestimenta de labradores, quizá trabajadores suyos; llevaban pantalón, faja y camiseta de tirantes blanca con bastantes manchas de tierra y algunos con gorra negra o de cuadros. Todos le miraban y le escuchaban atentamente; les leía noticias sobre los últimos acontecimientos ocurridos en Valencia y España. El médico, al ver la curiosidad de Sorolla, le informó que ese era Rafael Calatrava (su hijo sería más adelante alcalde de Benimàmet y su nieto el arquitecto Santiago Calatrava, nacido en esta pedanía). Calatrava era un vecino bien asentado con mucho arraigo e implicación en el pueblo, su padre pudo comprar algo de tierra y su hijo siguió sus pasos ampliando las tierras y la plantilla de labradores. Además, se había hecho tratante y en la Lonja cada vez vendía mayores cosechas, lo que les daba una posición dentro del pueblo junto con otros amigos vecinos que también habían ido comprando tierras y ganando en comercio.

 El señor Calatrava contribuía siempre como el que más en las mejoras del pueblo y renegaba junto con otros vecinos de la anexión a Valencia, por un lado generaba ventajas ante los problemas económicos, pero por otro se perdía independencia de actuación y lejanía de gobierno, por lo que las fiestas las programaban y las pagaban los vecinos de aquí con mucho gusto, así como aportaciones para la reparación de la Iglesia. En otra de las mesas había cuatro señores discutiendo el precio al que estaban pagando las cosechas, se quejaban amargamente de lo mal valorado que estaban el trabajo y el esfuerzo, uno de ellos decía que si seguía así dejaría el campo y montaría otro negocio.

Sorolla le estuvo comentando al doctor los problemas que tuvo su esposa en el anterior embarazo y su deseo de volver a ampliar la familia. Le dijo que les agradaría para el próximo verano estar aquí en la última fase del embarazo para que él pudiera llevar un control y asistirla en caso necesario. Para ello, dejaría apalabrada una casa para rentar a mediados de junio del próximo año para que Clotilde, junto con su hermana o su madre, pudieran venirse aquí, ya que el clima era un poco más fresco y el ambiente más sano que en la propia ciudad, además de tener acceso a buena agua del manantial. El doctor le dio algunas recomendaciones y consejos y estuvo de acuerdo en poder llevar este control del embarazo. Por último le ayudó a concertar una vivienda con el señor Calatrava, que disponía de una libre que había heredado recientemente.

Allí sentados se presentó el cura del pueblo, don Pedro Llopis Cuquerella, natural de Cullera, un orondo hombre de sesenta años, de buen comer y con cara de santo. Muy implicado en la vida del pueblo y de sus feligreses; estampó un papel sobre la mesa del señor. Calatrava y le dijo que aún había que recoger más firmas.

Don Rafael Calatrava se levantó e hizo firmar a todos los que le rodeaban hasta que llegó a la mesa de Sorolla.

- Sí, yo le firmo, ¿me puede informar para qué fin es? ¡Sería interesante saber qué causa estoy apoyando! –dijo Sorolla.

- Señor Sorolla, estamos recogiendo firmas para cambiar el nombre de la calle Calvario, que ha sido trasladado a otra calle, por la Calle Felipe Valls, un profesor que ha fundó aquí la escuela para adultos y que por las tardes enseñaba a todos los labradores a leer y escribir. Hace poco nos comunicaron que Benimàmet era el segundo pueblo con menos analfabetos de Valencia y eso se lo debemos a su esfuerzo y solidaridad con los vecinos, por eso recogemos las firmas.

- ¡Cuente con mi firma y mi apoyo a tan gran hombre y tan digna causa! El que la gente sepa leer y escribir es muy importante, la mayoría no han tenido oportunidad de poder ir a un colegio. Enhorabuena y… ¡ojalá lo consigan!

- Gracias, lo conseguiremos seguro, todos están a favor y el alcalde pedáneo también. Y ahora les ruego me disculpen, pero debo presentarme en la Lonja de Valencia, me esperan para negociar nuevos contratos. ¡Mucho gusto de conocerle!

- ¡Ha sido un placer!

Por la tarde volvió a la estación de tren cargado de inspiración y regresó a casa con Clotilde y los niños.

Capítulo 6. María Beni.

"María Beni, la mujer más bella de Benimàmet y de Valencia", así la describían y hablaban de ella la mayoría de los hombres. Pero su vida nunca fue fácil.

Había nacido en Benimàmet un verano de 1.870, hija de Pepe y Juanita, "los del *campet*", la mayor de 4 hermanos. Su padre era labrador y vivían con lo justo en una vivienda cueva en *Camales*, una familia muy humilde pero con una madre que les llenaba de amor, siempre con una sonrisa y bonitas palabras, que se las ingeniaba para que no les faltara de comer y el hogar estuviera siempre limpio y cálido. Era un hogar feliz. El vecindario también acompañaba: gente sencilla sin más pretensión que poder comer y seguir viviendo, capaces de disfrutar y dar valor a cualquier cosa, pues conocían la palabra esfuerzo con letras mayúsculas. Así era la vida.

Las cosas marchaban bien, María ayudaba a su madre en las tareas del hogar ayudando en la crianza de los hermanos, yendo a por agua o acompañando a su madre a hacer recados o lavar ropa. Siempre había tarea, apenas pisaba algún día el colegio, pero sí intentaba que sus hermanos pudieran ir. Ella, al ser la mayor, tenía que hacer frente a las tareas más complejas. Su padre traía alimentos de la huerta casi a diario y unos cuantos reales de jornal al mes y decía que lo importante era que María aprendiera a coser, por lo que estuvo acudiendo a un taller a aprender el oficio y ganarse algo de dinero para ayudar.

Su padre, no era muy hablador, pero tenía el semblante feliz y sonreía, y a la madre la llamaba "reina". Cuando llegaba a casa después de un largo día de trabajo, sus hijos salían corriendo a darle un abrazo y él se ponía muy feliz, disfrutaba trabajando porque sabía que así no les faltaría comida. La ropa se la iban pasando unos hermanos a otros conforme iban creciendo y la madre iba remendando para alargar la vida de los ropajes, y tenían dos pares de zapatos que se turnaban los fines de semana sus hermanos. Las cosas funcionaban, cada uno tenía su papel dentro de la casa y la madre era el motor de la familia, traía el orden, el equilibrio y sobre todo mucha alegría y cariño a la casa.

 Esto se truncó pronto, y al igual que Sorolla, María perdió a sus padres con el cólera, no pudieron hacer nada por ellos ni tampoco por su hermano. Fue un momento muy trágico. El cólera azotó toda Valencia y España durante varios años.

 Su tío, hermano de su madre, junto con su esposa, era la única familia que les quedaba, así que tuvieron que pasar a estar tutelados por ellos, que además tenían 3 hijos pequeños. Vivían en una casa en la calle de San Vicente Mártir, pero apenas disponían de sitio para ellos, así que acomodaron una habitación para los tres hermanos: mientras fueran pequeños les permitía estar juntos, después ya buscarían una salida. Él era un hombre muy serio, muy trabajador, estaba todo el día fuera de casa trabajando en sus tierras, y si algún día le quedaban ganas bajaba hacia la taberna donde discutía con los amigos de política o del campo. Siempre quería tener la razón, si no, discutía y tenía que ganar a base de alzar la voz - nunca por argumentos - hasta que al final lo tenían que dejar. Ese era su método, que él pensaba que funcionaba, la verdad era que estaban hartos de él, pues no actuaba como una persona cabal ni se le podía hablar.

En casa apenas se relacionaba con sus hijos, sus preocupaciones eran que no faltara comida y poder comprar las cosas necesarias, el afecto ya se lo daba la mujer y él cumplía y demostraba su amor trabajando. A su mujer nunca le dijo que

la quería; pues un hombre en esta época no mostraba sus
sentimientos, pero nunca le faltó de nada y alguna vez le traía
flores del campo, lo más que podía y sabía hacerle. Ella
también valoraba el detalle, él nunca le había pegado; también
es verdad que la esposa nunca se atrevió a desobedecerle
porque le tenía mucho respeto.

 La tía tampoco era muy cariñosa, ni siquiera con sus hijos,
estaba obesa y la faena de llevar seis niños le podía, no le sentó
nada bien la nueva carga. Si algún hijo se portaba mal, el padre
se quitaba el cinturón y les arreaba cinco azotes fuertes en las
nalgas, la manera en la que le habían enseñado a él, respeto a
los mayores siempre y nada de robar ni faltar al trabajo.
Aquella casa no se parecía en nada a su anterior hogar, el
cariño se había esfumado, pero María doblaba esfuerzos por
sus hermanos y ayudaba en las tareas del hogar, renunciando al
colegio pese a la ilusión que le hacía poder aprender. Alguna
vez si podía librar un rato los domingos por la tarde, salía a
pasear por el pueblo junto con las amigas, aunque le daba
vergüenza, pues no tenía ropa buena como ellas para los días
festivos, pero a pesar de ello, los mozos solo tenían ojos para
ella, era guapísima y todos sabían su triste historia, por lo que
hacerla sonreír era lo más bonito del mundo, ella lo merecía
todo.

 María, tímida y reservada, si alguien le lanzaba un piropo se
ponía roja como un tomate. Conforme cumplió los 18 años, y
gracias al maestro Felipe Valls, pudo ir a algunas clases de
adultos y terminar de aprender a leer y escribir. Ella se sentía
mal por no haber podido aprender anteriormente, era una losa
pesada que no quería arrastrar toda la vida. Se iba haciendo
adulta y salía con más frecuencia con las amigas a pasear, y
empezaban a relacionarse con los grupos de chicos, todos ellos
con las mangas bien arremangadas enseñando bíceps y algún
botón desabrochado para mostrar tórax. Se pavoneaban entre

ellos, unas de señoritas y otros de machotes, ya habiéndose convertido en hombres fuertes y con buena planta.

Entre ellos destacaba Tonet por guapo, bien vestido, bromista y gamberrillo, siempre pensando en gastar alguna broma. Además venía de familia bien asentada económicamente. Las chicas le hacían ojillos, y Tonet se sentía como el gallo en su gallinero; su sonrisa delataba que era el amo del corral y así se sentía. Los amigos le tenían envidia, pero lo idolatraban. Todo lo tenía de cara, excepto a su padre, que se cabreaba constantemente con él por sus continuas faltas al trabajo: cuando no simulaba un dolor o una lesión, o si no una borrachera o lo habían detenido por armar jaleo. ¡Siempre tenía excusa y poca palabra para cumplir! El campo no era para él, así que decidió probar otros empleos. Fue al puerto como mozo de descarga, probó de albañil, intentó aprender el oficio del herrero, luego carpintero… pero nada le acoplaba, y al final volvía al cobijo del padre, que en el fondo amaba a su hijo más que a nada del mundo y lo terminaba perdonando. Dinero no le faltaba, pues ya estaba el padre, para Tonet lo más importante era ir bien vestido y peinado, siempre llevaba un traje nuevo y cuatro reales en la cartera para ir al bar y de jarana con los amigos. Esa era su vida.

A María le pasaba algo por el estilo que a Tonet, siendo el foco de atracción pero de forma totalmente involuntaria, no buscada; los chicos la veían como una diosa inalcanzable. A pesar de no venir de una familia con posibilidades, sino más bien de la pobreza y la humildad, sería una futura excelente esposa, sabía estar en su sitio, era humilde, trabajadora y sabía perfectamente lo que es cuidar de un hogar.

José la amaba locamente desde la infancia. Él era también de familia humilde como ella, no tenía estudios y al igual que su padre se dedicaba a ser labrador, trabajando de sol a sol con la espalda doblada de estar agachado todo el día pegado a la tierra, un elevado esfuerzo pero estaban acostumbrados. El joven la miraba y remiraba, y si María se daba cuenta, él agachaba la cabeza vergonzoso y tímido, no se atrevía a dar el paso, pero tenía claro que ella era la mujer perfecta para él. Dada la dificultad que tenía para dar el paso, le pidió consejo a Manolet *El Corto* y éste, que no sabía guardar secretos, lo fue contando hasta que llegó a los oídos de Tonet. De golpe, el joven sintió que toda la vida se le pasaba en un instante y que no podía perder la oportunidad, debía reaccionar: ¿Cómo que José se iba a emparejar con la guapa de María? ¡De eso ni hablar!

A la tarde siguiente, Tonet esperaba a María junto a la salida de la casa de sus tíos y la abordó por el camino con su confiada y brillante sonrisa. Ella no supo qué decir, no podía pensar que alguien tan distinguido y guapo como Tonet le estuviera pidiendo relación. Le dijo que le diera un día para pensarlo, que ella era de familia más pobre y poco tenía para ofrecer. Él le dijo que con él no le faltaría de nada y que formarían una bonita familia con hijos sanos, guapos y fuertes como su padre, y que serían muy felices.

Ella flotaba de felicidad, además tenía ganas de cambiar de vida y salir de casa de sus tíos.

Al llegar a casa, María pidió permiso a sus tíos para el festejo.

Su tío se negó rotundamente, le dijo chillando muy alterado:

- ¡Con cualquiera menos con Tonet, ese es un irresponsable incapaz de cumplir en ningún trabajo! Sobrina mía, si vas con él sufrirás toda la vida, es solo fachada, solo se preocupa de su apariencia… ¡no es más que un traje caro con piernas! Como persona no vale nada. Me niego rotundamente que vayas con ese tipejo, ¡es lo peor que me han echado a la cara!

María salió corriendo y llorando hacia su cuarto y su tía, que en el fondo quería hacer espacio en la casa, la siguió y le dijo:

- María, tu tío lo dice por bien, entiende que al Tonet ese no le va nunca bien en ningún trabajo, solo se le da bien la bebida y los líos. A tu padre le gustaba tu amigo José, que es labrador y cumplidor como él, además se nota que está loquito por ti.

- Tía, ¡pero a mí me gusta Tonet! Bueno, ¡y a todas las chicas! Es una suerte que se haya fijado en mí y se me haya declarado, y José nunca se ha decidido, siempre me agacha la mirada, ¡es muy tímido! y es como un hermano para mí.

- Está bien hija, dile a Tonet que podéis empezar a veros, yo convenceré a tu tío. No te preocupes, que todo saldrá bien. ¡Pero llévate siempre a tu hermana y no vayáis solos por ahí!

María pensó que por una vez en la vida todo le iba a salir bien, y que se merecía algo de felicidad. El *festeo* fue rápido, muy rápido y enseguida vino la boda, la hicieron en la Iglesia San Vicente Mártir de Benimàmet y posteriormente fueron a una de las alquerías de *Mossén Povo*, la que pertenecía al señor Cañizares (estaba muy ocupado ya que quería comercializar un ungüento para la piel que llevaría su nombre). Pudieron disfrutar de unos bocadillos y bebida para celebrar el enlace, la música acompañaba el festejo, Tonet estaba feliz y sonriente, abrazando a todas las chicas, presumiendo de su status; bailaba con unas y con otras, abrazaba a sus amigos y todo el rato bebía licores hasta que ya no pudo más y se tuvo que retirar a vomitar los excesos… la fiesta acabó ahí. Con un carro lo llevaron hasta la vivienda cueva de María (la que era de sus padres) y le ayudaron a dejarlo en la cama. María le quitó los zapatos y la chaqueta y lo tapó con una sábana, y así acabó la noche más feliz de su vida.

Lo miraba con tanta ilusión… el mejor chico del pueblo le había tocado a ella, ¿se podía tener mayor suerte?

Les dejaron unos amigos de su padre una casa de pescadores para celebrar durante unos días la nueva vida matrimonial en la fabulosa Denia, ya que el ferrocarril había llegado hasta allí en 1883 impulsado por el Marqués de Campo y facilitaba la conexión con Valencia.

Denia estaba en pleno apogeo, con un gran puerto donde grandes barcos posaban deslumbrantes uno al lado de otro, esperando recibir para exportar la uva pasa y el vino tan bueno que aquí se producía.

El brote de filoxera en Málaga hizo de Denia y Jávea, las únicas proveedoras a nivel peninsular de la pasa, se llenó de almacenes de pasas que daban trabajo temporal a miles de mujeres de la Marina y la Safor. Toda la zona se transformó y la población se trasladó a vivir al campo, llenándolo de *riuraus o* masías cuya misión consistía en proteger y conservar la uva. Por otro lado, se produjo un gran aumento de la demanda con la aparición de nuevos mercados, no sólo el inglés, sino también el danés.

La naranja, los juguetes, el cemento, la llegada del turismo… fue toda una ebullición, riqueza y crecimiento de la población a cerca de 12.000 vecinos, era una gran ciudad que, al igual que Valencia y otras grandes ciudades, derribó sus murallas.

Tonet y María estaban encantados… ¡Qué playas más bonitas y cuántas barcas de pescadores! Y cuánta vida. ¡Qué vistas desde el castillo! ¡Y qué gambas traían! Los arroces, el pescado, el vino… Todo sabía a gloria. ¡Menudo sol! Cómo les gustaba Denia y la vecina Jávea en la que pasaron también dos días, ambas ciudades lucían con esplendor. Fueron días muy felices, Tonet la levantaba en brazos y la hacía girar como un tiovivo.

Al principio del matrimonio todo iba a las mil maravillas, Tonet acudía a ayudar a su padre como un trabajador más e iba cumpliendo y ganando el jornal. Alguna vez María también se acercaba hasta los campos a trabajar como una más, era joven y fuerte y no le hacía ascos al trabajo duro, estaba feliz sabiendo que ayudaba a su suegro y tenía cerca a su esposo; a veces iba más tarde con los *entrepans* y el porrón de vino y comía con ellos allí.

¡Qué tiempos más dichosos!

Y con el paso del tiempo vino el embarazo. Seguro que sería un varón fuerte como su padre, ya no podía pedir más a la vida. Tonet, cuando libraba o algún día que no se encontraba bien para ir a la faena, marchaba a la taberna a jugar unas rondas y empinar el codo, una tras otra, venía a las tantas en mal estado, pero María solo veía felicidad y seguía completamente enamorada de su Tonet.

El tiempo fue pasando y su hijo cumplía cinco años, crecía fuerte, guapo y muy cariñoso. María le obligaba a ir al colegio y no perder ni una clase y después ella iba al campo a trabajar, ante las continuas faltas de su marido, ya que el padre de su esposo ya no contaba con él y era necesario ganarse el pan para que la casa fuera hacia adelante. María siempre había dado la cara de pequeña y ahora también lo haría, a su marido y su niño no les faltaría nada mientras ella estuviera, y además, si podía le compraría un traje nuevo a Tonet. Ella disfrutaba viendo el porte de su esposo, que seguía igual de guapo y de presumido y le gustaba pavonearse y presumir por el pueblo… cuando no iba bebido.

Un día Tonet llegó borracho a altas horas de la noche, chillando y armando alboroto, le acompañaba una señorita que lo llevaba colgado como podía, él le dijo que se marchara a tomar viento de forma maleducada y entró en casa de forma violenta y chillando de manera ininteligible; se quitó la ropa y le subió a María el camisón, obligándola a tener relaciones, a pesar de que ella chillaba y se negaba, siendo una situación de lo más desagradable. Él le pegó varias bofetadas y continúo hasta terminar dormido encima de ella. María intentó borrar este desafortunado encuentro, ya era la cuarta vez que le pegaba y las borracheras casi a diario y líos con mujeres, según los rumores que iban llegando, se hacían cada vez más duros de llevar. Aun así, María guardaba los buenos recuerdos del pasado. Hablaría con su suegro para ver si podía readmitirlo e intentar reconducirlo, pero éste estaba ya muy dolido con las continuas decepciones, ya que era un mal ejemplo para el resto de jornaleros.

Al día siguiente ella no lo miraba ni a la cara. Él apenas recordaba nada, pero intuyó que algo gordo hizo, y recordaba a una mujer que lo acompañaba a casa. Por la tarde trajo flores y las puso en la mesa, y durante unos días estuvo más atento y cariñoso. Fue varias veces a buscar faena al puerto y a unas fábricas, pero ya habían oído hablar de él, siempre terminaba peleándose o con el jefe o con algún compañero o no iba por vago. Su carácter le traicionaba y, aunque intentaba remontar, su mente siempre lo conducía hacia el desastre, no era capaz de valorarse ni de intentar mejorar. A la vez sentía remordimientos por sus comportamientos, pero siempre había sido así y todo el mundo lo adoraba, o al menos eso pensaba él, pero ya na no era aquel joven guaperas gracioso. El problema es que él no se daba cuenta o no quería ver que ya quedaron atrás los años de juventud, siendo un hombre con familia que debía asumir su responsabilidad y hacer lo que tenía que hacer.

A María le tocaba asumir el papel de los dos; por un lado ir a ganarse el pan y dar estabilidad económica y por otro, dar la calidez al hogar, criar a su hijo para que no le faltara afecto ni comida y mantener la casa limpia y ordenada .

José se había casado con Rosario, una amiga de María muy buena persona, humilde y tímida como él. Él seguía siendo muy cumplidor y trabajador, de sol a sol. Se pusieron a vivir en la vivienda cueva de al lado; Rosario estaba embarazada por lo que estaban felices. José disfrutaba mucho de vivir al lado de María y poderla ver a diario, estar con ella le hacía todavía más dichoso, seguía siendo su amor platónico de la infancia, la había querido toda la vida.

 Se preguntaba María cómo habría sido su vida con él si ella hubiera dado el paso, pero enseguida descartaba esa opción. Aun así, sentía cierta envidia y comparaba el comportamiento de José respecto al de su marido.

 A María el carácter se le fue haciendo cada vez más amargo, se le empezaba a oír chillar. La sonrisa con la que siempre deslumbraba pasó a ser seriedad y tristeza, y así se fue formando un carácter más duro, hasta que ya empezaron a faltarse el respeto de manera más frecuente. Más de una vez, los moretones vestían su hermoso cuerpo.

 Tonet salía casi a diario, a veces volvía y a veces tardaba dos o tres días, pero cuando volvía era casi peor y la convivencia se había vuelto insufrible. Esa noche llegó y su hijo no estaba, al irse a dormir a casa de los primos. Empezó a pegar a María, le arrancó la ropa y, como pudo, intentó acostarse con ella, pero José, al oír el escándalo, pegó una patada en la puerta, le cogió del hombro, lo giró y con todas sus fuerzas le asestó un puñetazo con tantas ganas que dio la vuelta entera y cayó fulminado al suelo. María lloraba desconsolada y cayó en los brazos de José, que también sufría y lamentaba profundamente el dolor que este hombre le causaba.

 Al día siguiente Tonet discutió con su mujer y después con José, pero no se atrevió a llegar a las manos, pues sabía de la fuerza de su vecino y antiguo amigo. Pasaron un par de semanas, el ambiente seguía igual de tenso, se oía alguna discusión. Una de las tardes, volvió a pegar a María y se marchó de nuevo.

Después de quince días sin aparecer y dar aviso al alcalde de su desaparición y empezar la búsqueda, un labrador que estaba en un huerto de Campanar encontró una mano en el suelo, y al empezar a tirar consiguió desenterrar un cadáver. Era Tonet.

Su mujer, su hijo y los padres lloraron desconsoladamente, era un perdido, pero siempre pensaron que algún día le vendría la luz a la cabeza y se enderezaría. María se había quedado viuda en aquel 1.893, con 28 años y un niño de 7 que debía sacar adelante. Odiaba a los hombres y para nada pensaba en volver a acercarse a nadie más después del desengaño y la mala vida.

Los rumores decían que como Tonet debía dinero a varias personas, se lo habían cargado. Otros que había sido una mujer que había conocido, otros que en una taberna se metió con unos marineros y entre varios le dieron muerte, e incluso que su mujer en una de esas noches de borrachera se lo había quitado de encima o el enamorado de su vecino José, según las malas lenguas. Vinieron dos guardias civiles montados a caballo para informar de que habían encontrado una pista, la navaja que le rebanó el gaznate, pero que tardarían en encontrar al culpable, iban a interrogar a varios vecinos para seguir con su labor de investigación. Podía ser cualquiera, pues Tonet llevaba años en los que ya no causaba admiración, sino todo lo contrario, y mucha gente se la tenía jurada. Después del entierro, al cabo de unos días el pueblo fue retornando a la normalidad.

Su suegro le daba algo de trabajo a María en el campo y también le regalaba verdura de la que cosechaban; alguna vez también le entregaba unas piezas de carne cuando sacrificaba algún animal, pero apenas le llegaba para darle unas pesetas de jornal, así que con ayuda de su amiga Paquita consiguió trabajo de modelo en la San Carlos, donde esporádicamente iba a posar y ganarse un dinerillo extra. Era muy pudorosa, así que no aceptaba desnudos, pero su gran belleza unida a las marcas de sus facciones, su cabello negro como el betún, los ojos grandes y brillantes como platos, unos labios carnosos que a todos apetecían, cintura estrecha, trasero ancho pero en correcta proporción, los pechos bonitos y una piel color canela por el duro trabajo en el campo… la hacían la protagonista de cualquier lugar. A pesar de que a ella no le gustaba salir ni mirar a ningún otro señor, piropos y pretendientes no le faltaban, pero ella hacia caso omiso. Máxima belleza y una vida de trabajo, todo iba unido y eso era lo que se podía ver… ¿cómo una diosa así podía tener esa vida de sufrimiento?

 Del trabajo a casa y de casa al trabajo, disfrutaba y era feliz viendo como su hijo iba creciendo e iba desarrollando su talento como pintor, ¡se le daba bien! En Benimàmet siempre hubo buenos artistas, y su hijo no iba a ser menos. También compaginaba con la ayuda en la crianza del bebé de José, que eran ya casi como familia, estaban muy unidos y compartían momentos de felicidad y tristeza.

 María empezaba a recobrar su vida y a momentos recuperaba la sonrisa y esa luz que todos decían en el pasado que tenía, era un ser de luz y cuando sonreía el mundo se volvía mejor. Había bondad en su corazón.

 Ya faltaba poco para empezar a trabajar de modelo para un gran pintor, María se preguntaba: ¿cómo sería trabajar con alguien tan distinguido como el señor Joaquín Sorolla? Ante la prevista llegada, había comprado hace un mes unas bonitas telas para hacerse dos trajes, uno rojo y otro florido, era una gran modista por las enseñanzas recibidas en su juventud, quería estar a la altura y causar una buena impresión.

Capítulo 7. El encuentro.

 Sorolla se levantó nervioso, como un pato mareado, desayunó a toda prisa, dio un beso a Clotilde y marchó corriendo hacia la estación para coger el *trenet*. Allí estaría su discípulo Manuel Benedito y el hijo de su amigo Benlliure.

 Después de los saludos y abrazos, sacaron el billete y subieron al tren mientras hablaban sin parar emocionados de lo que les esperaba:

 - ¡Mirad, mirad, ya estamos llegando! ¡Mirad allí, qué bonito está el paisaje! Cuántas viviendas cueva, cuántos coloridos y blancos… ¿Habéis visto aquello? ¡Qué maravilla! -decía Sorolla en pleno estado de excitación.

 El tren paró y bajaron sus caballetes y el resto de materiales. Sorolla les estuvo explicando cómo era Benimàmet, las zonas que estuvo visitando unos días antes y cómo eran sus gentes, fundamentalmente una población rural trabajadora del campo. Llevaban una vida humilde y de duro trabajo, pero a la vez se sentían felices y dichosos. En Valencia no había tantos ricos como en otras ciudades, pero nadie moría de hambre al tener una huerta o despensa rodeando la ciudad más allá de lo que alcanzaba la vista.

 - Vamos hacia allí, que están las cuevas *Camales* y tengo echado ya el ojo a la zona que quiero pintar.

 - ¡Vaya modelo ha escogido, maestro! Dicen que es muy bella. ¡Anda que no elige usted bien, ¿eh?!

- *¡Xe*, Manuel, ya pareces mi mujer! Hemos venido a pintar y ya está. Además, la voy a pintar más envejecida, quiero representar a una humilde cuidadora bajo un árbol con un capazo atado a éste y un bebé dentro mientras es balanceado. La luz penetrará por la frondosa copa del árbol y crearé un juego de luz y sombras sobre la roca calcárea blanca que va a ser una maravilla. ¡No sabéis el tiempo que llevo pensando en venir aquí y pintar esto, desde que pasé con el tren el año pasado y vi este paisaje estaba loco por venir!

En realidad, tanto le habían hablado a Sorolla de la belleza de María que ya sentía curiosidad y cierto miedo a la vez, no quería meterse en un compromiso por ella y eso le preocupaba. ¿Qué reacción tendría? ¿Tan guapa era?

Cuando llegaron a la zona, Benedito y Benlliure eligieron una zona despejada y cada uno cogió su camino con sus útiles de pintura, iban a representar también este paisaje. Sorolla siguió andando.

-¡Oiga, oiga señor! ¡Salga inmediatamente de mi propiedad! ¡me está pisando las flores! ¿Qué quiere usted? –gritó una vecina.

- Usted perdone, señorita.

- ¡De señorita nada, un respeto por favor!

- ¡Perdone, señora! Estoy buscando a María Beni, soy Joaquín Sorolla, el pintor, y había quedado con ella hoy.

- ¡Ah, el pintor! Pues podrá encontrarla en aquella casa del fondo, la del medio de esas tres junto a aquel pino.

- Muchas gracias, señora.

- Vaya usted con Dios.

Anduvo hasta donde le indicó la señora, bajó hacia la puerta que estaba abierta y en ese momento oyó la voz de un hombre que le increpaba, giró la cabeza hacia arriba y, en ese mismo instante, salía María, que tropezó de morros con Sorolla y se hicieron daño en la frente y en la nariz.

- ¡Oiga caballero, vaya usted con cuidado! ¿Qué hace usted aquí?

Sorolla, al verla, se quedó deslumbrado. Su cerebro se nubló completamente, no reaccionaba. La boca se le abrió, su corazón empezó a bombear sangre a mil por hora y se sonrojó inmediatamente; el pelo se le erizó mirando hacia poniente y los pelos de la barba se le pusieron tiesos como escarpias.

Allí estaba María, impresionante, indescriptible, ¡qué morenaza más guapa! Pelo más negro y bonito no podía haber, lo llevaba suelto medio rizado y caía por encima de sus hombros. La piel morena, los ojos negros, grandes y brillantes, y llevaba un vestido rojo que ayudaba a resaltar sus atributos. Los presagios de Sorolla se habían cumplido: era una mujer de una belleza increíble, nunca había encontrado una modelo así y ahora entendía el porqué de la fama y los comentarios. Una musa griega.

- ¿pasa algo? ¿Se encuentra bien? –preguntó María.

- ¡Sí, sí perdone! Mire, soy Joaquín Sorolla y había quedado para hoy con María Beni, que imagino será usted.

- ¡Uy, es verdad! se me había pasado, pensaba que era mañana cuando venía. ¡Usted disculpe!

María extendió la mano, se saludaron y le presentó a José, que todavía se encontraba observando la situación con cierta desconfianza, no le hacían gracia estas visitas sorpresa.

- Bueno, pues… ¡usted dirá! Aunque le dejo claro que yo puedo posar para usted pero no hago desnudos ni vendo mi cuerpo… ¡No se vaya usted a creer! Además, no quiero ni oír hablar de los hombres después del patán que tuve.

- ¡Por Dios, no piense usted eso! Mi interés es plenamente artístico. Es verdad que había oído muy buenos comentarios sobre usted como modelo y deseo poder retratarla aquí en una escena al aire libre, ¡nada más que eso! -a Sorolla le costaba hablar y tenía la mente nublada, las ideas que traía tan claras se habían ido por los aires y sus inseguridades habían salido de golpe. Intentó recomponerse de tan extraño episodio.

- ¿Y qué tengo que hacer yo? ¿Cuál es la idea? – dijo María.

- Bien, la escena que tengo en mente es la de una señora algo mayor que usted, con camisa blanca y pañuelo negro alrededor del cuello, vestida de cuidadora, que balancea a un bebé de casa noble en un capazo atado a un árbol. ¿Conoce usted algún bebé pequeño por aquí en la zona? –preguntó Sorolla.

- Claro que sí, mi vecino José tuvo hace poco a su hijo, seguro que está encantado de participar.

José se mostró receptivo, como se estaba recuperando de la gripe hoy no iba a ir al campo, así que ayudó a montar el capazo en el árbol y lo ató fuertemente a la rama más grande. Estaba receloso por esta inesperada visita, pero quería participar para enterarse bien de lo que pasaba. María salió vestida según las directrices, con el pelo recogido y el atuendo para la ocasión, a pesar del cambio de vestuario, con su sonrisa cualquier trapo le quedaba bien. El bebé llevaba un camisón blanco, la mujer de José le estaba mojando la cabeza y pasándole el cepillo para que estuviera bien guapo. Sorolla cogió su bloc de notas y su carboncillo y fue haciendo rápidos bocetos, cambiando las distintas posturas y viendo distintas posibilidades. María estaba en el fondo satisfecha, pues por primera vez posaba para un gran artista ya consagrado y eso la haría inmortal.

- María, por favor, siéntese, y si puede inclínese hacia el bebé y mírelo atentamente, con las manos agarrando el capazo.

- ¿Así le parece bien?

- Sí, perfecto, no se mueva durante un rato. ¿Lleva usted mucho tiempo de modelo? –preguntaba Sorolla.

- Pues fue una amiga la que me convenció, al principio yo no quería, me daba mucho pudor, pero ella me insistió dadas las dificultades que estaba pasando y esto me permitía compaginar mi trabajo en el campo y ganar unos reales más.

- Tiene usted un color de piel muy bonito, es muy morena.

- Gracias, es por mi trabajo en el campo, de estar tantas horas expuesta al sol. Ayudo a mi suegro en sus tierras y me gano la vida así. Es un trabajo duro, pero tengo un hijo que sacar adelante y por él haría cualquier cosa, créame, don Joaquín- explicaba una sonriente María.

- ¿Cuántos años tiene su hijo?

- Tiene 7 años ya, está deseando cumplir los 12 para ir a trabajar al campo como su abuelo y su madre, aunque yo le digo que estudie primero, que no sea un cateto como su madre. ¿Y sabe qué me responde él? ¡Que los libros no dan de comer y el campo sí! Él quiere aprender a ganarse la vida, a producir y ganarse el pan. Lo de estudiar es un capricho de señoritos. ¡Fíjese usted, con 7 años que tiene! Aun así quiero que estudie y haga algo más que yo en la vida. ¿Sabe usted que se le da muy bien la pintura?

María no paraba de hablar, estaba contenta, un artista internacional había venido a retratarla y encima era un hombre muy educado y respetuoso. ¡Y qué bien vestido iba! Y le llamaban "maestro" los dos acompañantes, que estaban también retratando el paisaje un poco alejados, pero se veía desde aquí como movían las manos con sus pinceles sobre el lienzo.

De vez en cuando venían o Sorolla iba y hablaba con ellos sobre el desarrollo de sus obras.

Algunos vecinos curiosos habían venido desde el pueblo a verlos pintar. Incluso el alcalde, don Tomás Hueso, hizo acto de presencia acompañado de un fotógrafo para inmortalizar esta ilustre visita, que daría orgullo al pueblo y a él más votos. Una vez hecha la foto, marchó enseguida. ¡Estos políticos…! Sorolla le preguntó por el cambio de nombre de la calle principal al de "Felipe Valls", y el alcalde le dijo que el trámite iba muy lento, pero llegaría "tarde o temprano".

Llegó José y se quedó mirando sin querer molestar mientras Sorolla seguía con sus bocetos, ya llevaba 6 realizados, por lo que la mañana estaba siendo productiva.

- Señor Sorolla, hoy es el cumpleaños de mi mujer, y para celebrarlo he comprado algo de carne y voy a cocinar una paella grande, sería para nosotros un honor que ustedes tres se quedaran a comer, ¿qué me dice? –preguntó José.

- Pues me temo que en un rato va a venir mi amigo Vicente a verme… me sabe mal, aunque mis dos alumnos se van ya para casa a comer. Si a usted le parece bien, podría quedarme a comer si no hubiera inconveniente en que Vicente se uniera a nosotros.

- Por eso no hay problema, la paella es grande, ¡hay de sobra! Además, ¡donde comen 4 comen 5!

- ¡*Xe*, pues de categoría! Qué mejor que una paella aquí en el campo bajo los pinos. ¡Acepto gustosamente su invitación!

José tenía apilada la leña de naranjo entre los dos pinos. Había rodeado con piedras el fuego, puso los hierros y la paella encima con el aceite; su esposa trajo la bandeja con carne que fue friendo hasta dorarla bien. Llegó momento de echar la *bajoqueta* y el *garrofó* e iba removiendo con una paleta larga. Sorolla se arrimó y cogió el porrón de vino fresco que había preparado José. De repente, alguien gritó alegremente:

- ¿No tendréis para un buen amigo, verdad? - dijo Vicente Blasco Ibáñez, que llegaba por detrás.

- ¡Jajaja hombre, ya estás aquí! ¡Qué alegría de verte!- exclamó Joaquín.

Se dieron un fuerte apretón de manos y un gran abrazo.

- Si no te importa, amigo mío, el señor José nos ha invitado a comer una paella aquí junto a su casa, es el cumpleaños de su mujer y no podía hacerle el feo.

- No hay problema, me encanta la paella, y qué mejor lugar que éste para disfrutarla, y además en buena compañía. ¡Pásame el porrón, que vengo seco y hace un calor de mil demonios! ¿Ya has pintado algo o qué?

- En efecto, llevo ya dos cuadros en la playa, uno de ellos de la temática que estuvimos hablando sobre los pescadores y su dura vida. Estoy contento, venir a Valencia me da energía y esta luz hace que solo piense en pintar. ¿Y tú cómo vas con tu periódico y tus novelas?

- Tú ya sabes que yo no paro, estoy ultimando el lanzamiento del periódico, va a ser muy importante y podremos expresar nuestras ideas y que la gente pueda empaparse de ellas. Seguramente le llamaré *El Pueblo* y, si no pasa nada, antes de final de año empezaré a venderlo. Estoy escribiendo dos novelas que iré regalando en boletines junto al periódico, de forma que sea fácil para la gente poderlo obtener y lo pueda ir coleccionando. Una se llama *Arroz y Tartana* y la otra es la de *Flor de Mayo*, sobre la pesca también, quiero poner en valor y denunciar esta vida tan dura y mal pagada que tienen los pescadores, jugándose la vida por cuatro reales. ¡Y ahí andamos… sin parar, como tú!

- ¡Qué grande eres, Vicente! Me encanta tu forma de escribir.

José seguía concentrado en la paella, ya había tirado el tomate rallado y el pimentón, y tenía una garrafa de agua grande que empezó a vaciar en el caldero. Tras añadir abundante sal, el caldo empezó a hervir al rato.

- A ver… ¿quién prueba el caldo? -se quedó mirando José a Vicente y Joaquín.

- ¡Dame, yo lo pruebo! -dijo Vicente. Ummh… de sabor estupendo y de sal al punto. Yo lo dejaría así.

- Venga, pues voy a poner el arroz y que se vaya haciendo, le pondré luego una ramita de romero y suficiente. Mientras se hace nos vamos a tomar unas cazallas bien fresquitas y después unos higaditos fritos que he sacado de la paella.

- ¡Rosario, Rosario! -chilló José- ¡Pon la mesa, que esto ya está casi listo!

Sorolla se acercó a la paella y con una mano atrapaba el humo que desprendía y se lo llevaba a la nariz, y así hasta tres veces seguidas.

- *Redéu, això és mel*! Eres un artista, José.

Los ingredientes de la paella valenciana: arroz, pollo, conejo, judía verde, garrofón, tomate rallado, aceite oliva, pimentón rojo, azafrán, agua, sal y una ramita de romero. En la zona de la Albufera solían utilizar rata de la marjal; que tenía un sabor parecido al conejo y las anguilas que abundaban en el lago, en cada zona lo que tenían más a mano los campesinos, ya que era una comida sencilla, barata y hecha con los ingredientes locales. También había gente que ponía caracoles.

 María seguía sentada bajo el árbol, miraba la escena feliz desde la distancia, quiso dejar a los hombres su intimidad alrededor de la paella y no deseaba inmiscuirse en sus asuntos, oía el alboroto y las risas. Su hijo estaba jugando con otro vecino, pero ya se despedían y venía con hambre hacia la mesa.

 - Señores, la paella ya está, ¡vamos a la mesa!

 - ¡Qué buena pinta!

 - Va a estar de categoría, le he dejado un poco de *socarraet*, ¡que no se diga!

 Sobre la mesa, una ensalada con lechuga, tomate, cebolla tierna y olivas, un porrón relleno de vino y un botijo con agua fresca. Todos, ya sentados rodeando la paella, cogieron su cuchara de madera y empezaron a atacar al caldero, cada uno desde su zona. Durante los primeros minutos todos devoraban sin parar y nadie decía palabra.

 - *Xe, què bona*! - dijo el primero.

 - Qué maravilla, te ha cogido un sabor estupendo.

 - ¡Enhorabuena al cocinero!

 - ¡Felicidades a la cumpleañera y al cocinero!

 - Pues aunque es para veinte, no va a sobrar nada...

 - ¿Me pasas el porrón? ¡Gracias!

 Y así, cucharada a cucharada, fueron acabando la paella. Algún trozo de carne le cayó al perro, que movía la cola feliz ante tal manjar.

Acabado el arroz, más de uno se llevaba la mano a la panza y se la acariciaba como señal de estar bien saciado, pero aún sacaron el café y una botella de coñac. Vicente sacó un paquete de puros de Cuba y los repartió entre los hombres; un tesoro que quería compartir en un día tan especial como este, qué mejor ocasión. La vida eran cuatro días y había que disfrutarla.

 - ¡Qué bonitas son vuestras casas!, ¿las habéis cavado o ya estaban hechas? - dijo Vicente

 - ¡Uy! En realidad ya llevan muchos años hechas, yo la heredé de un tío que falleció. La verdad es que vivimos muy a gusto, al estar bajo tierra y con esta roca, en verano son fresquitas y en invierno son cálidas, así que se está bien. La luz entra por el patio, así que no nos falta. Además, el vecindario es gente de toda la vida, aquí nos conocemos todos y si alguien tiene un problema la gente ayuda, somos como una familia.

 María estaba radiante porque personas tan ilustres se hubieran molestado en venir a una humilde cueva *Camales* - donde viven los pobres - y estuvieran allí sentados con su buen vocabulario y sus ropajes, compartiendo mantel con la gente del campo… era un hecho memorable, y ella se reía a carcajadas de felicidad cada vez que pensaba en esta situación. Por un momento se quedó pensativa mirando a Sorolla… qué porte y qué saber estar tenía este hombre… ¿Cómo sería la mujer de este gran artista? Un hombre culto, educado y con éxito, seguro que no pasaba penuria económica alguna. ¿Podría ella acostumbrarse a eso? Por supuesto que sí...

 José, que no quitaba ojo a María, pasó de compartir su felicidad a observar cómo miraba a Sorolla en ese instante. Los celos salieron de golpe, ¿¡qué forma era esa de mirarle!? ¿Acaso él no llevaba toda la vida siendo bueno para ella? Por un momento su cabeza se llenó de los pensamientos más oscuros.

Sacó la mistela del hielo y la sirvió en cada vaso, que junto a la *coca boba* que había hecho su esposa, formaban la combinación perfecta.

Las risas, los chistes y anécdotas de Vicente hicieron pasar a todos una gran velada, pero se hacía ya tarde y Sorolla estaba ya inquieto, pues Clotilde estaría ya preocupada por su tardanza.

Se levantó Sorolla e hizo un gesto a Vicente

- *Mon-en ya pa' casa*!

- ¡*Xe*, Joaquín, la última y nos vamos!

- *Xe*, Vicente, eso ya lo has dicho hace una hora, yo me tengo que ir.

- Pues yo me quedo a tomar la última y me iré. Mañana vendré antes del mediodía y nos vamos a la Albufera a comer tú y yo.

- Pero eso nos queda lejos, Vicente –protestaba Sorolla.

- No, me refiero a la parte de Catarroja. Allí está mi amigo Tonico, que tiene unos campitos con arroz sembrado y una barca de vela latina, me ha dicho que nos dará un paseo en barca por la Albufera, nuestro "pequeño mar" como decían los árabes, y nos hará un *all i pebre* para chuparse los dedos.

- Mejor plan imposible, ¡pues nos vemos mañana! Voy a coger el *trenet* y para casa. Hasta mañana señores, disfruten mucho.- respondía contento Joaquín Sorolla.

De repente, vieron corriendo a dos guardias civiles que pararon en la cueva de Nelo *el Coheter*. Se oía toda la conversación, le preguntaban si tenía almacenada en la cueva pólvora de estraperlo. Nelo lo negó rotundamente, les dijo que su pirotecnia estaba a las afueras del pueblo, en medio del campo, y todo el material estaba allí. Los agentes no le creyeron, así que Nelo extendió la mano con el candil encendido con la llama de fuego al máximo y les invitó a entrar por ellos mismos a la cueva a comprobar si encontraban la pólvora. Los agentes se quedaron mirando el uno al otro con cara de interrogante, dieron media vuelta y se fueron por donde habían venido, decidieron no correr el riesgo de entrar…así quedó escrita esta anécdota para la posteridad en Benimàmet.

Al llegar a casa, Sorolla andaba preocupado por el recibimiento, pero Clotilde estaba contenta, había visto a una amiga de la infancia y habían pasado una tarde muy divertida en el parque con los niños, recordando los viejos tiempos.

La cena fue suculenta, y en la cama una interesada Clotilde preguntó:

- ¿Qué tal la famosa modelo? ¿Es más guapa que yo?

- ¡Qué va, Clota, amor mío! Esa chica es bonica, pero muy salvaje y mal hablada, como tú amor no hay musa alguna, yo sólo tengo ojos para ti, vida mía. Pero estoy muy contento por poder retratar el campo y su gente, gente muy humilde pero feliz. A veces, menos es más y más es menos.

- Eso espero, amor…

Y así, hablando de María, se quedaron dormidos. Sorolla soñaba con el primer momento al verla con ese vestido rojo ceñido al pecho por arriba y ancho con volantes abajo, ese pelo moreno y esa piel… ¡qué bonita era por Dios! ¿Cómo se iba a fijar una joven así en un hombre serio y normal como él?, decidió olvidar esos pensamientos nocivos y soñar con sus pinturas hasta poder dormirse.

Y mientras tanto, María soñaba con Sorolla; un hombre joven, quizá unos años mayor que ella, pero apuesto y diferente a lo que estaba acostumbrada, elegantemente vestido, culto… ¿Acaso ella podría llegar a ser así? ¿Qué pensaría él de ella?

¿Era buena su relación con su mujer? Pero bueno… ¿¿qué hacia ella pensando en un hombre?? "Olvídalo, además no estás a la altura comparado con un hombre como él, ¿cómo se va a fijar en ti?" fueron sus últimos pensamientos antes de caer rendida.

A la mañana siguiente repitieron rutina, fueron los tres pintores en el *trenet* y bajaron en la estación de Benimàmet. Todavía les impactaba el paisaje desde la ventanilla del tren. Se volvieron a situar cada uno en la posición del día anterior, buscando la sombra debajo de los árboles.

Sorolla llegó a la casa y María salía ya vestida igual que el día anterior, pero con una sonrisa mayor, su alegría era contagiosa y animaba el espíritu a cualquiera. José se había ido a trabajar al campo, así que tendrían algo más de intimidad.

- Bien, María, la posición que vamos a adoptar es la última que estuvimos practicando ayer, sentada debajo de ese árbol tocando con las manos el capazo donde está el bebé, el fondo lo tomaré de allí. Quiero que salga alguna chimenea y quede constancia de que estoy pintando aquí en Benimàmet. Ahora que el sol comienza a apretar es ideal, quiero pintar cómo penetra a través de los pequeños agujeros de la copa del árbol, y el suelo será un reflejo de la luz y las sombras. ¡Es ideal!

- Me parece muy buena idea. ¿Pero entonces… me va a pintar fea y vieja? ¿Es así como me ve usted? –dijo María.

- Por Dios, es usted pura belleza, no le quepa duda. Pero sí que necesito para esta pintura envejecerla un poco y hacerla pasar por la cuidadora del bebé simplemente. ¡Pero ya quisieran muchas tener su hermosura!

- Gracias, don Joaquín, es usted muy buen cumplidor. ¿Quién se iba a fijar en una mujer como yo?

- Créame, doña María, que cualquier hombre estaría encantado de poder ser su galán.

María sonreía y coqueteaba constantemente, al menos de ilusión también se vivía.

La química flotaba en el ambiente y envolvía a los dos protagonistas.

- Venga María, póngase sería y mire hacia el bebé.

Sorolla alzó la mano con el carboncillo y empezó a plasmar los espacios en el lienzo. A mano izquierda el espacio para el árbol, luego la mujer sentada, seguida del bebé colgado del árbol en el capazo. Dibujó las formas de la roca de la montaña y, por último, las chimeneas de las viviendas y los árboles lejanos en el horizonte. Durante toda la mañana estuvo corrigiendo algunas proporciones y el carboncillo no daba más de sí, José apareció antes de lo previsto y se quedó allí controlando la escena, no quitaba el ojo a María, él la sentía como si fuera suya.

Mientras tanto, Blasco Ibáñez salía de su vivienda, fue abordado por un prometedor joven que se presentó como Pio Baroja, acababa de terminar la carrera de medicina pero su anhelo era ser escritor, le dijo que había leído su última novela y le había gustado, explicó que estaba con su familia pasando el verano en Burjassot, Vicente le estrechó la mano y se disculpó por no poder darle mayor conversación pues ya tenía que irse para no llegar tarde a su cita. A la hora acordada llegó a la zona del Camales y marcharon inmediatamente rumbo hacía Catarroja en una calesa conducida por un joven de Burjassot, y por el camino le estuvo preguntando si ya se había enamorado de la joven María, casi dos horas de paseo les costó el viaje hasta Catarroja. Así que Vicente tuvo tiempo de contarle a Joaquín que Catarroja, a orillas de la Albufera, nació como un accidente, debido a los depósitos procedentes de un barranco que desembocaba en la Albufera. Sorolla se sorprendió al escuchar el origen del nombre: 'Cata' –de *capta*, del latín *capita*–significaba "punta" y "roja" –del románico *roía* y *rúbea*– se debía al color de las aguas turbias al recibir las lluvias allí.

 Fue a partir del segundo tercio del siglo XIX cuando empezó a estrecharse la Albufera debido a la práctica de enterrar el lago, una ardua y costosa tarea de echar tierra y tierra en el agua para convertirlo en campos de cultivo de arroz, así la Albufera fue haciéndose más pequeña.

 Tonico ya estaba en la barca, esperando para dar un paseo por la Albufera y llevarles hasta la barraca donde su mujer estaba haciendo el suculento guiso. Las anguilas abundaban en este lago y era un plato muy apreciado y fácil de guisar; un poco caluroso para el verano, pero igualmente delicioso.

 Ya en la barraca, se sentaron a la sombra de la higuera, estaba ya la mesa puesta y "la Paca" venía con la olla entre las manos.

 - No vais a probar nunca un *all i pebre* como el de mi Paca, ¡ya veréis!

 Y efectivamente, el punto que le dio al guiso era perfecto, la anguila bien cocida se deshacía en la boca y el picante en su justa medida… ni más ni menos.

 Sorolla sacó el bloc y se puso a hacer unos bocetos del paisaje: el agua, las barcas, la hierba que brotaba del agua… mientras Tonico contaba una historia real de infidelidades que había pasado con unos vecinos, el nieto de *los Paloma*, parecía de película. Vicente estaba entusiasmado escuchando la historia y preguntaba detalles sin cesar.

 - ¡*Xe*, esto es de novela Tonico, aquí entre las cañas y el barro pasan muchas cosas! En fin, me guardo el relato que me has contado, ¡algún día lo escribiré! ¿Entonces… el Tonet ese llega de la guerra y se lía de nuevo con Neleta, su ex novia que ya se había casado con otro? ¡Es de novela, la verdad!   – decía un eufórico y entusiasmado Vicente Blasco Ibáñez.

Y así pasaron una velada en contacto con la naturaleza. Los arrozales y las grandes aves blancas llenaban los campos, que estaban inundados de agua y de plantas del arroz en esta época, parecía un mar verde, ¡qué preciosidad! Ante la falta de brisa, Tonico empuñaba la percha y a base de esfuerzo y sudor empujaba la barcaza en dirección al puerto de Catarroja, el crepúsculo daba un tenue color plateado y transparente al agua y un rojizo amarillento al cielo, comenzaban a aletear los murciélagos que acompañaban el trayecto junto al zumbido de los insectos y el ruido del agua al golpear la proa del bote.

A la vuelta, el carruaje dejó a Sorolla en casa y siguió camino hacia Burjassot. Se despidieron hasta pasado mañana, ya que comerían en Burjassot en el chalet de Blasco Ibáñez. Por la tarde toda la familia se fue al Balneario de la Malvarrosa. Los niños se bañaron en el mar y los adultos tomaron unos refrescos y pasaron la tarde a la sombra, pues el calor era sofocante en Valencia. Cenaron allí y cuando empezó a oscurecer emprendieron camino a casa.

A la mañana siguiente, Sorolla cogió el *trenet*. Esta vez iba solo; sus alumnos habían acabado sus cuadros y él pensaba en cómo alargar la estancia con María, aunque Clotilde ya estaba presionando para que acabara ya y marchar a Buñol el fin de semana a la casa que un familiar tenía allí, pero adelantando la salida al vienes.

Aprovechó Sorolla el trayecto del trenet, para redactar una carta a su amigo Pedro Gil… "qué sabía la gente de lo que le gustaba a él, aquí estaba feliz hablando con María y la gente del campo". Le escribió también sobre María, le dijo a Pedro que era "salvaje, una diosa griega de la belleza" y que su piel "negra como el betún". Estaba contento, pues la había elegido él.

La sensación y compenetración con María fue perfecta y ese lo trasladaba al cuadro, a pesar de que la quiso envejecer. De todos modos, no quería tampoco que hiciera sombra a la belleza de Clotilde, por respeto a ésta y por evitar una posible discusión ya que su mujer era un poco *celosilla*.

María quería echar el resto y se había puesto más guapa que nunca, salió a recibirlo con un traje blanco que resaltaba aún más su piel morena y sus ojazos negros, llevaba carmín en los labios y las mejillas ligeramente rosadas, y con un buen cepillado de pelo. Joaquín suspiró, por un momento deseó muchas cosas y mil pensamientos pasaron por su cabeza. Ella se lo comía con su mirada… ¿o eran imaginaciones suyas?, la química era evidente.

José salió corriendo de su vivienda cueva y se unió a ellos, rompiendo el encanto del encuentro casi intencionadamente. ¿Qué hacía aquí? ¿No tenía que trabajar?

Casualidades de la vida, su jefe tenía un importante evento familiar y dio fiesta a todos sus trabajadores, para así poder celebrar el evento en el campo junto la familia.

- Bienvenido, don Joaquín, le he preparado un café y unos bollos, ahora le ayudo con el material mientras usted se lo toma.-era la excusa perfecta de José para integrarse en la escena.

- Gracias, José. – dijo afligido el pintor.

María, disgustada por la aparición de José, bajó a su vivienda y se cambió de ropa tal como iba en los días anteriores y subió a realizar el posado una vez colocó al bebé en su sitio. Sorolla mezcló los óleos en la paleta y fue dando color a los trazos realizados el día anterior, daba pinceladas largas y rápidas, para captar el sol mezclado con las sombras. Después pintaba los verdes de las copas de los frondosos árboles, y así fue terminando el día, torcido por la sombra del vecino. José estaba contento por estar presente, pero ellos no y se notaba en sus caras serias. Era el último día.

Cuando José por fin se fue a su casa ante la petición repetida de su esposa, María cogió de la mano al artista y le pidió que alargara su estancia un par de días más, Sorolla la miraba con cara de pena, lo deseaba también pero no podía.

Le prometió que en cuanto volviera a Valencia lo primero que haría sería venir a verla y que volvería a pintar otra escena aquí de nuevo, que de él no se iba a librar. Ella le pidió que mandara correspondencia para saber que no se olvidaba de ella, parecían ambos dos quinceañeros, el tiempo se les había hecho muy breve y ambos quedaron con sentimientos pendientes en su interior.

Y así terminó la corta estancia de Joaquín Sorolla en Benimàmet aquel julio de 1894 y de esta forma nació el precioso cuadro *El Columpio,* un testimonio de esta historia.

Por la tarde de ese 17 julio tocaba corrida de toros en la Feria de Valencia, y se había gastado 14 pesetas en comprar dos entradas en el palco para él y para su amigo el gran pintor Ignacio Pinazo. Serían seis toros bravos y como espadas estaban en el cartel Adelino Monzó "Rosillo", Francisco Sirvent "Corazón" y José Messeguer "Moreno". Fue una tarde gloriosa, después de muchos "OLE", los toreros salieron a hombros y con un par de orejas cortadas. El público se ponía de pie continuamente y agradecía cualquier acción valiente, y de vez en cuando agitaba los pañuelos.

Al día siguiente fue toda la familia a Buñol a pasar el fin de semana largo. Allí tenían amigos de las dos bandas de música, los "feos" y los "litros", cuya rivalidad les hacía más grandes.

Le gustaba escucharles tocar y a veces se iba por las tardes a verlos en sus ensayos. Estaban alojados en la "Posada Venta Pilar", muy cerca del castillo de Buñol, ubicado sobre un cerro en el centro del casco antiguo.

Las ruinas del castillo escondían que llegó a ser de gran importancia por su situación estratégica, en el límite del Reino de Valencia y la Corona de Castilla, dominando el Paso de las Cabrillas, desde lo alto las vistas eran privilegiadas.

La llegada del ferrocarril unos años atrás permitió el resurgimiento de la industria papelera, que en el último tercio del siglo XIX llegó a doce fábricas, con una producción más diversificada y con mejor maquinaria. La industria papelera en expansión y los restos de la decadente industria sedera hacía que más del 50% de la población activa buñolense trabajara en la industria, a diferencia de lo que sucedía en el resto de la comarca, de la región y en la mayor parte de España.

En estos días Sorolla siguió aprovechando el tiempo, y con una pareja joven de vecinos se subieron casi a una cima donde había una casa en ruinas y les pidió posar. El hombre llevaba una burra cogida con la cuerda, vestido de campesino con boina negra y faja del mismo color. La escena debía mostrar una ruptura de una pajera, para que la moza, llorando, agachara la cabeza sobre las manos; al fondo se vería el castillo. A este bello cuadro le pondría de nombre *Ruinas de Buñol*.

Al bajar, después de todo el día de pintura, cenaron y se acostaron. En los días siguientes pintó una escena en una fuente de agua del pueblo y aprovechó una de las tardes para bajar dando un agradable paseo hasta el río Juanes, a la zona de la "Cueva del Turche" para darse un baño refrescante y disfrutar del magnífico paisaje, era costumbre ir nadando y atravesar la cascada de agua de 60 metros y entrar en la cueva.

Al terminar este último cuadro, lo celebraron en el bar más antiguo de la provincia de Valencia, "La Venta de l'Home", que era una antigua casa de postas del siglo XVII que alimentaba a los exhaustos viajeros que se movían por los caminos tortuosos y antiquísimos que unían las grandes villas como Madrid y Valencia. Antiguamente, las casas de postas eran lugares donde se realizaba la toma y cambio de caballerías y asignación de postillones para los correos, viajeros o ganado, y muchas servían también de parada de diligencias para viajeros.

Después de unos divertidos días, la familia regresó a la ciudad.

Ya en Valencia, Sorolla pensó en volver a ver a María, un diablillo le hablaba y le empujaba hacia allí, pero luego salía el ángel y el amor a Clotilde. Al final tomó la decisión de pasar el resto de días, hasta la nueva marcha a Madrid, pintando en la Malvarrosa y disfrutando del balneario, con la familia y los amigos. Por las mañanas pintura y por las tardes, descanso y disfrute. Le dio tiempo a hacer una excelente pintura retratando de nuevo a los pescadores en el mar.

De nuevo, la noche de antes de su partida a Madrid, le vino un pensamiento a su mente: ¿quién habría asesinado a Tonet?

Capítulo 8. En Madrid

Llegó Sorolla a Madrid en tren sin la familia, que se había quedado hasta mitad de septiembre en Valencia. La estación de Atocha, o "del Mediodía", que estaba repleta de viajeros con sus equipajes, se había creado unos años antes, en 1851. El edificio principal, de 1888, era ejemplo de la arquitectura del hierro de Alberto de Palacio, discípulo de Gustave Eiffel. Se convirtió en el punto de entrada de los inmigrantes a Madrid, en un ambiente costumbrista en el que se incluía el pequeño "hampa del estraperlo", los carteristas, los trileros y el timo de la estampita. Sorolla ya no caía en estas trampas.

Madrid había pasado por una época de cambios en la que se demolieron conventos y se abrieron nuevas calles y plazas a raíz de la desamortización de Mendizábal. La ciudad estaba creciendo, la burguesía había conseguido demoler la cerca de Felipe IV, gracias al plan Castro y la realización de los ensanches. La capital fue adquiriendo otro carácter, reflejado en las novelas de Pérez Galdós y Baroja, y superaba ya los 400.000 habitantes. Como consecuencia, empezaron a crearse los primeros medios de transporte público y en 1871 se abrieron las primeras líneas de tranvía, uniendo la Puerta del Sol con los barrios más alejados del centro.

Una epidemia de cólera que segó la vida de 1.366 personas, y un contexto de crecientes impuestos produjeron en el verano de 1892 el conocido como "motín de las verduleras", a raíz de las tasas a la venta ambulante impuestas a este sector. Aun así, Madrid aún parecía más una antigua villa que una ciudad moderna. Por eso, el crecimiento produjo la absorción de distintos núcleos de población hasta entonces independientes de la capital: hacia el suroeste los Carabancheles (Alto y Bajo); hacia el norte, Chamartín de la Rosa; por la carretera de Valencia, Vallecas y Vicálvaro; por la calzada de Aragón, Canillejas; y por la carretera de Burgos, Fuencarral. Nuevos arrabales como las Ventas, Tetuán o el Carmen, daban acogida al recién llegado proletariado, mientras en los ensanches se instalaba la burguesía madrileña.

Madrid seguía sin tener playa, pero de todo lo demás lo tenía en abundancia. Vivir en la capital había sido una decisión muy meditada por Sorolla y Clotilde, quien entendía que la profesión de su marido estaba y debía estar por encima de todo, y ellos al servicio de este objetivo, que no era otro que el artista llegara lo más lejos posible y que su obra traspasara fronteras. Él tenía la habilidad, y los dos el conocimiento y deseo de cómo debían dirigir la carrera y el precio que había que pagar para conseguirlo. La dedicación de Sorolla a la pintura, los viajes, exposiciones o relaciones públicas absorbían la mayor parte de su vida, y su concentración no podía ser interrumpida. Clotilde era una persona con formación, culta, que ya había crecido en casa de un artista, su padre, y conocía de qué iba este mundo y cómo había que moverse, por lo que era muy buena consejera de su marido, que formaba parte de la obra de Clotilde también.

Pasaron los meses y Clotilde volvió a un Madrid que ya anunciaba el frío invierno. Aunque ambos amaban Valencia y la echaban de menos, tenían claro que allí era donde mejor podían abrir las puertas. Gracias a los amigos y contactos se habían metido en un círculo de amistades y conocidos de gran nivel, que a la vez le permitirían abrir más puertas y más clientes potenciales con mejor posición social y económica que en Valencia. Por consejo e insistencia de su amigo el también pintor Aureliano Beruete, Sorolla empezó entonces a trabajar como retratista y alcanzó un éxito considerable, llegando a pintar a algunas de las figuras más importantes de la época.

Este amigo fue presentándole a gente importante y metiéndoles en los ámbitos destacados. Así es como le había llegado el encargo del retrato de Benito Pérez Galdós y muchos otros que le irían apareciendo. Se codearon con nobles, políticos, artistas, empresarios e incluso con el alcalde de Madrid, el Conde de Romanones.

Los cafés y los teatros ya estaban cambiando la fisonomía de la ciudad, y Sorolla los disfrutaba como un lugar de encuentro y de entablar nuevas relaciones. Al recibir el aviso de la llegada a Madrid de su amigo Pedro Gil de Mora, fue a pasar la tarde con él al *Café Comercial,* junto la calle Fuencarral, lleno de gente charlando sobre literatura, arte y cultura. El café estaba abarrotado, pero milagrosamente se levantaron unos caballeros de una mesa y pudieron tomar asiento para ponerse al día.

- ¿Cómo está querido amigo, cómo fue el verano por Valencia? Recibí su carta sobre María de Benimàmet. ¿Es tan bella como dice? –preguntaba interesado su amigo Pedro Gil.

- Créame amigo mío, es la persona más bella pictóricamente hablando que jamás pisó la tierra, ¡me tuve que concentrar todavía más! Tal y como le escribí en la carta, es una diosa griega de la belleza y negra como el betún, ¡pero no es sino una ensoñación platónica, amigo! Estoy muy satisfecho de haber vivido esa experiencia, esos paisajes llenos de naturaleza y su gente tan sencilla; es otro mundo muy distinto a todo esto, allí subsisten aunque también son felices, pinté allí un cuadro y para el verano que viene tengo apalabrada una vivienda, pasaremos allí al menos dos o tres semanas y algo más podré hacer, tengo varias ideas en mente. Es un clima muy sano, espacios abiertos, naturaleza, buenas aguas… y ahora con el *trenet* es muy cómodo ir allí; además, está a un paso de la ciudad.

- Ya iré por su casa mañana y saludo a Clotilde y los niños. A ver si puedo y me paso el verano que viene por el Benimàmet ese. Y por la playa pudo ir a pintar algo, ¿no?

- Sí, al final he pintado tres cuadros fantásticos relacionados con los pescadores y el mar, mi señora quiere presentar el que he llamado *¡Y aún dicen que el Pescado es Caro!* a la Exposición Nacional dentro de unos meses.

- ¡Fantástico! Seguro que alguna medalla se llevará, últimamente nos tiene muy mal acostumbrados, cuando pase por casa me los enseña, que lo estoy deseando.

- Por cierto, Clotilde está embarazada de nuevo y estamos encantados, a ver si lleva mejor este embarazo…

- Hombre, ¡muchas felicidades! ¡Qué alegría, mi querido amigo!

Y así, tras pasar una alegre velada en el café, ambos partieron para sus hogares.

Era invierno y hacía mucho frío en Madrid. Pronto oscurecía por las tardes, el día se hacía corto y triste.

- ¡Cómo echo de menos Valencia y mi familia, Joaquín! – exclamaba Clotilde.

- Ay, amada mía, yo también tengo ganas de volver, estas navidades vamos a disfrutar mucho con ellos.

- Por cierto, mi padre me escribe en esta última carta que la tía ya está mucho mejor.

- Qué bien, a ver si se mejora y pasa una mejor época para ella. Por cierto, parece que los niños le van cogiendo el gusto a pintar, ya sabes que yo intento sacar algo de tiempo para ellos por las tardes y les insisto en el arte.

- ¡Ya lo sé, y estoy muy contenta de que tengan afición!

- Mañana, si te encuentras bien, nos iremos a la *Chocolatería Ginés* por la tarde con los niños y tomamos un chocolatito con churros bien buenos. –proponía Sorolla.

- ¡Estupendo, allí los hacen deliciosos! ¿Y si vamos al teatro?

El Teatro Real y el Teatro Español estrenaban buenas óperas y era un lugar donde había que ir a ver y dejarse ver; aparte de la calidad de las óperas que representaban, era muy importante entrar en esos círculos de gente privilegiada.

Llegó diciembre, el frio y la oscuridad de los días cortos, cogieron el tren en Madrid y marcharon a Valencia, llegaba la Navidad y era momento de volver a reunirse toda la familia.

La Nochebuena con los abuelos, hijos, nietos, cuñados y cuñadas, primos, tíos, sobrinos….todos juntos para cenar en casa de los abuelos. La larga mesa vestida de gala ocupando todo el comedor y todos los presentes vestidos con sus mejores trajes. Resaltaban sus caras de felicidad, recibiendo abrazos, risas, alegría….las bandejas de comida rebosaban en la mesa, el vino valenciano caía con facilidad y el ambiente familiar llenaba el alma de todos los presentes. Llegó la hora del turrón, las nueces, castañas y el champán y de cantar los villancicos y como siempre, los niños con sus panderetas.

Esta noche es Nochebuena

y mañana es Navidad,

saca la bota, María,

que me voy a emborrachar.

Ande, ande, ande,

la marimorena,

ande, ande, ande

que es la Nochebuena.

…

Desbordados de felicidad terminó la noche y al día siguiente les esperaba una gran comida, puchero de Navidad, repitiéndose la celebración con los mismos invitados que reían alegres recordando la noche anterior. Clotilde y Sorolla estaban dichosos, pues en Madrid a pesar de estar muy a gusto, no tenían a la familia y sentían ese vacío, así que estos días tenían todavía más valor. Los niños jugaban con los primos al escondite, a la peonza, y se divertían sin parar. Después de unos días de plenitud regresaron de nuevo a Madríd.

Pasaron los meses y llegó la primavera, Clotilde empezaba a tener una buena curva en el vientre y el bebé iba creciendo. Ella se iría antes a Valencia con los niños y así pasarían más tiempo con su familia.

Los dos ya hacían planes para su llegada a Valencia, era ya mayo, ella debía cuidarse y preparar el parto y él pensaba en que su mujer estuviera cómoda y atendida y en sus nuevos cuadros de Benimàmet y… cómo no, en ver a María. De nuevo, pensamientos confusos se arremolinaban en su cabeza: ¿Tendría nueva pareja? ¿Se habría olvidado de él? La inquietud y el querer tener noticias provocaron que una tarde, de forma impulsiva, fuera al *Café Gran Gijón* en Recoletos solo, sin compañía, y escribiera de forma íntima una carta a María Beni.

La carta llegó al cabo de unos días a su destino, pero fue interceptada por su vecino y éste se la quedó. En un primer instante iba a entregarla a su destinataria, pero los celos le hicieron ocultar el documento. Al día siguiente le corroía la curiosidad, y sin pensar la abrió. Cada palabra era como un puñal en su corazón. ¿Acaso había algo entre ellos? ¿Otra vez iba a volver Sorolla a Benimàmet?

La felicidad de José se vino abajo al instante; la posible vuelta del artista le amenazaba después de todo el año feliz de tenerla a ella casi para él solo, puesto que María parecía un miembro más de la familia, se llevaba muy bien con Rosario y con él y siempre pasaban mucho tiempo juntos.

José, enajenado, ya tenía claros sus planes: terminaría viviendo con María, para ello Rosario sufriría un accidente al pasar por el barranco, la mula la tiraría desde lo alto y así nadie sospecharía. Al quedarse solos, ya nada lo impediría y terminarían siendo pareja y viviendo juntos al ser los dos viudos. Ese era el sueño de José y se tenía que cumplir más pronto que tarde, esperaría a pasar el verano y luego lo ejecutaría, pero la presencia de Sorolla podía truncar sus planes...

Mientras tanto, llegaba a Madrid una vez más el evento más esperado para el pintor: la 15ª Exposición Nacional de Bellas Artes, que era la mayor muestra oficial de arte español a la que concurrían los artistas vivos.

Estructurada en cinco secciones (pintura, escultura, grabado, arquitectura y artes decorativas), la sección de pintura era no obstante el eje principal, seguido de la escultura y la arquitectura. Estas exposiciones nacionales ayudaron mucho en el resurgir del arte español. Se convirtieron en uno de los acontecimientos socioculturales más determinantes del siglo XIX en el mundo del arte, con lo que se justificaba su protección oficial. Sorolla ya obtuvo medalla en la anterior edición de 1892 con el cuadro *¡Otra Margarita!* donde su amigo José Garnelo obtuvo la medalla de Oro, pero siempre sentía cierta incertidumbre e inseguridad en estos concursos cuando veía la calidad del resto de las obras presentadas. En ésta destacaban también Alberto Plá y Rubio con su pintura *¡A* *la guerra!* y Modesto Urgell que presentó *El Pedregal, pueblo civilizado.*

Clotilde acudía confiada y feliz. Además, ella se había empeñado en que presentaran esa última obra pintada en el mar de Valencia.

La sala estaba llena, los nervios a flor de piel. Primero se fueron nombrando los premios menores, y ya sólo faltaban los mejores galardones:

- Y la medalla de Oro se otorga a... don Joaquín Sorolla Bastida, por su obra *¡Y aún dicen que el Pescado es Caro!*

Sorolla y Clotilde saltaron al instante de la silla, gritando con júbilo y alegría. Los asistentes se pusieron en pie a aplaudir, poniendo sus ojos en el premiado.

Ella se acercó a su oreja y le dijo:

- Te lo dije, amor mío, que con este cuadro ganarías.

- ¡Eres la mejor consejera, querida!

Se abrazaron y Sorolla subió la escalinata que daba acceso al escenario, donde recibió su Medalla de Oro.

Los aplausos siguieron sonando en la sala sin parar durante unos minutos, Sorolla saludó a todos los presentes. Este reconocimiento le ponía en la cima y era un premio merecido a su plena dedicación y fijación por la pintura y por progresar.

La alegría fue doble, pues su gran amigo el valenciano Mariano Benlliure alcanzó el más alto reconocimiento en la Exposición, con la Medalla de Honor, que por primera vez se concedía a un escultor, con la estatua para el *Monumento al escritor Antonio Trueba* que se colocaría en los Jardines de Albia, de Bilbao.

-¡*Vixca València y vixca la Terreta*! ¡Qué grande eres, Mariano! Hemos puesto a Valencia en lo más alto, como cuando fue el siglo de Oro, estamos creando una generación de éxito para Valencia casi al mismo nivel que en aquella época. ¡Enhorabuena!.- exultante de felicidad gritaba Sorolla.

La cena de celebración y los cócteles posteriores se alargaron hasta bien entrada la madrugada, fue un día muy feliz para el matrimonio y sus amigos.

Con el objetivo conseguido, ya en boca de todo el mundo y en los titulares de prensa con toda la publicidad y prestigio ganado llegaba el mes de junio y asomaba el verano. Clotilde ya no aguantaba más y adelantó su vuelta a Valencia, quería acomodarse en la casa y acudir a una nueva revisión del médico de Benimàmet en el que tanta confianza depositó hace unos años su gran amigo José Garnelo. Tendrían allí servicio ya concertado para la casa, una mujer mayor vecina de Benimàmet que venía con carta de recomendación. Además, la madre de Clotilde le haría compañía durante el verano hasta la llegada de su esposo.

Por las tardes, Sorolla acudía un rato al café y entraba en tertulia sobre arte y política. Seguía de cerca los éxitos de su amigo Vicente, que había puesto en marcha con éxito hacía unos meses el diario republicano *El Pueblo*, y su novela *Arroz y Tartana*, que entregaba en fascículos. Fue tal éxito que ya se planteaba hacer entrega de la otra novela escrita, *Flor de Mayo*, que narraba la dura vida de los pescadores y cómo dos hermanos se destruían por una mujer. ¡Qué fantástico el costumbrismo valenciano!

Sorolla mientras tanto ultimaba unas últimas pinturas en su estudio y ayudaba a sus discípulos a seguir progresando, y con el cuadro de *La vuelta de la pesca,* el pintor obtenía otro gran triunfo: la Primera Medalla de Segunda Clase, de oro, en el Salón de la Sociedad de los Artistas Franceses de 1895, fue adquirida para el Museo de Luxemburgo por el Estado francés por la excelente cantidad de 6.000 francos. Ese mismo 7 de junio viajó a París a recoger el premio, recibiendo celebraciones en su honor en la casa del marqués de Casa Riera, con la familia Huocelist y con los amigos de Gil Moreno de Mora, quienes le regalaron una sortija de oro con sus iniciales. Sorolla se quedó un mes en París, para pintar unos retratos de la mujer y la hija de Pedro Gil y esbozar unos apuntes de carreras de caballos en el Bosque de Bolonia así como del ambiente parisino.

Después regresó a Madrid, y de ahí llegaba la hora de su vuelta a Valencia, Sorolla se encontraba con su maleta en Atocha. Faltaba una hora para la partida, así que fue a tomar algo a la taberna mientras hacía tiempo y se fumaba una pipa. Fuera, en la explanada, no cabían más calesas, los caballos estaban nerviosos ante tanto trasiego, era un ir y venir de pasajeros que estaban impacientes por partir y llegar a su destino. El tren partió con diez minutos de retraso, pero la gente se calmó cuando empezó a ponerse en movimiento. Esperaba un largo viaje, pero la alegría de llegar lo podía todo. Había sido un año fulgurante y ahora tocaba relajarse y descansar. Pintaría, pero sin presión, quería disfrutar y dejarse llevar por la luz. Durante el trayecto recordaba los bonitos e intensos días vividos en París y las felicitaciones recibidas por su nueva medalla, así daba gusto trabajar. Esto le abriría la puerta a nuevos encargos a nivel internacional.

Por un momento, todo se paró en su mente y le vino a la cabeza María, tenía ganas de verla, de saber cómo estaría, cómo se encontraría Benimàmet y su gente, tenía ganas de pasear por sus campos y sus calles, ese pueblecillo tan rural, tan alejado de su suntuosa vida, le transmitían paz y felicidad.

¿Por qué no le había respondido María a su carta? ¿No le habría llegado? ¿Acaso ya no tenía interés en él?, o peor aún, ¿le habría pasado algo malo a ella?

Capítulo 9. El verano de 1895.

Después del largo trayecto, Sorolla llegaba a Valencia en tren. Allí en la estación estaba su cuñado con la carroza esperándole fuera para recibirlo y llevarlo hasta Benimàmet, donde esperaba Clotilde con los niños. Se pusieron al día de cómo habían pasado el año por allí, las dolencias de la tía y el trabajo de Antonio en el taller fotográfico, y Joaquín le contó sus vivencias por París con su amigo Pedro y los círculos por donde le fue moviendo. ¡Cuánto bien le hacía Pedro en París! Hacía de marchante allí, sin ningún interés económico, y le abría muchas oportunidades.

Al llegar a Benimàmet, todos salieron a la puerta de la casa a recibirlos: Clotilde con su enorme barriga, sus hijos Joaquín y María y su suegra, que se quedaría durante el verano con su hija para ayudarla. Todos relucían con sus sonrisas de alegría.

Estaba empezando a oscurecer, las aves volaban a ras de suelo algo alborotadas y el cielo estaba encapotado como si fuera a llover; en Valencia todos deseaban que viniera una buena lluvia que regara la huerta pero no la dañara. Aquí no llovía nunca, pero cuando lo hacía, las acequias se desbordaban y las calles y caminos se llenaban de agua y fango.

La casa estaba muy bien: era humilde, pues pertenecía a una familia de agricultores del pueblo, pero era amplia y disponía de un buen corral con un limonero en plena producción, una parra que proporcionaba buena sombra y un pozo.

Estaban haciendo brasas, pusieron la carne al fuego y mientras se iba cocinando hablaban del viaje a París y del nuevo éxito obtenido. Se sentaron en una mesa grande que había debajo de la parriza y fueron sacando la ensalada, el vino, una jarra de agua y un pan de hogaza enorme.

 Sorolla puso la mano en el vientre de Clotilde, alguna patada daba ya el bebé y su padre decía:

- Yo quiero una *xiqueta*, me da a mí que será niña… ¡Una Elena vamos a tener!

- ¡Qué ilusión tengo! A mí me da igual, que salga bien y tenga salud, no pido nada más, y si es una Elena… ¡Pues estupendo! La verdad es que el embarazo ha ido bien, vino a visitarme el doctor y a explorarme y todo está estupendo. ¡En unos días la tendremos aquí con nosotros! Por cierto, vino el primer día el alcalde de Benimàmet y el cura, a presentarse ambos y darme recuerdos para ti y también ofrecerse a cualquier tipo de ayuda que podamos necesitar. ¡Qué gente más agradable y simpática! Si mañana me encuentro bien, me gustaría poder dar un pequeño paseo por el pueblo y conocerlo, quiero que me lo enseñes.

- ¡Sin duda! Mañana daremos un paseo por Benimàmet y así conoces el lugar, es bonito y su gente muy sencilla y cordial.

 Y así, hablando, se hizo de noche. Había luna llena y el cielo estaba estrellado, las nubes se habían ido sin llover y había luz a pesar de la oscuridad. En el fondo se oía el sonido de los grillos, que parecían estar en una fiesta, y la brisa de levante propiciaba que hiciera un buen fresquito y se estuviera bien… bueno, excepto para Clotilde, que tenía los pelos de los brazos de punta y la carne de gallina. Serían las doce y allí seguían, sin querer ir a la cama, ya que habían estado más de un mes sin verse, aunque la suegra y los niños ya llevaban más de una hora durmiendo. Clotilde apoyó la cabeza en el pecho de Joaquín, él la abrazó y le acarició en el antebrazo para darle calor, sus labios se unieron en un cálido beso y el abrazo se volvió más intenso, por fin estaban juntos de nuevo. La distancia les unía más, pues les ayudaba a darse cuenta de cuánto se querían.

Al día siguiente, el gallo del vecino despertó a todo el vecindario en la silenciosa noche. Estaba empezando a amanecer; no habían dormido mucho, pero se levantaron y volvieron a la terraza para tomarse un copioso desayuno que había preparado Benita, la sirvienta que habían contratado para esos días. Pan casero tostado, jamón, queso, mermelada, huevos fritos, zumo de naranja y, por supuesto, café. Allí, al aire libre, se estaba muy bien, con algún bostezo que otro.

Benita se había quedado viuda, no tenía hijos y se iba ganando la vida con trabajos esporádicos en hogares, cuidado de niños y ancianos, y así iba sobreviviendo. Tenía cara redondita de buena persona y generaba mucha confianza, y a pesar de su difícil vida, siempre respondía con una sonrisa y decía que si la vida era dura, ella lo tenía que ser más y daba gracias a Dios por cada día nuevo. Había que ser feliz con lo que se tiene, no esperar a tener para ser feliz. ¡Cuánta sabiduría tenían las personas mayores! Quizá no habían podido o tenido la oportunidad de estudiar, pero de la vida sabían más que nadie. A Sorolla le encantaba escuchar las batallitas de los mayores, decía que eran entrañables y que no había nada más bonito que dedicarles tiempo y escucharles, ya que se aprendía mucho.

Después de reposar el desayuno y de terminar de arreglarse, salieron por la calle del Calvario (Sorolla se fijó que aún no habían conseguido ponerle el nuevo nombre de Felipe Valls) y llegaron al pueblo. Entraron en la carnicería y en la tienda de ultramarinos y llenaron la cesta de compra, por lo que mandaron a Benita para casa con las provisiones. Siguieron paseando y se encontraron con el señor Calatrava:

- ¡Bienvenido de nuevo, señor Sorolla y señora, felicidades por el embarazo! ¿Qué tal se encuentran? ¿Están cómodos en la casa? Mire, les presento a un amigo vecino de aquí: don Vicente Blat Morante.

 Ambos se saludaron afablemente. Poco imaginaba entonces el señor Blat, al conversar con un artista de la talla de Sorolla, que sus hijos Ismael Blat y Alfonso Blat acabarían siendo también reconocidos en el mundo de las artes, pintor el primero y ceramista el segundo.

- ¡Encantado de saludarles, señores, y gracias por la felicitación! Llegué ayer tarde a Benimàmet y la verdad es que en la casa estamos de maravilla, ayer corría una brisa en la terraza que no apetecía acostarse, ¡sino quedarse a disfrutarla!

 Seguían hablando y apareció *Pancheta*, otro vecino que los reconoció al instante, y saludándoles se unió a la tertulia.

 - ¿Y para cuándo nace su hija?

 - Para dentro de unos días, ya prácticamente cumple el plazo.

 - ¡Qué maravilla! Si necesitan cualquier cosa no duden en avisarnos. Y dígame, don Joaquín… ¿Tiene previsto pintar algo estos días por aquí? El cuadro del año pasado lo vendió rápidamente, ¿verdad?

 - Sí, la verdad, *El Columpio* lo adquirió un señor enseguida y en manos privadas está. Volveré a pintar algo parecido, a mí personalmente me gustó mucho, lo único es que en verano con este calor se hace más pesado...

- Don Joaquín, pase este viernes por la tarde por la taberna y le invito a tomar algo, y así le comento un tema que quizá pueda interesarle. –insistió el señor Blat.

 - Está bien, así lo haré.

- Caballeros, pasen buen día y vayan con cuidado, que hay muchos agujeros en el suelo, la arena está para volver a reponer y allanar de nuevo. No me extraña que se cayera aquí el famoso médico y escritor Jaume Roig y muriera en 1478… ¡Si es que el ayuntamiento nos tiene abandonados! Todos dicen que van a cuidar más de sus ciudadanos, pero luego a la hora de la verdad… ¡Nada de nada!

El señor alcalde, que llegaba en ese momento acompañado de don Francisco Mir, quiso responderle:

- ¡Oiga, que le he oído! Desde que estoy yo al mando, esto ha dado un cambio increíble; se han arreglado ya dos calles y han cambiado las farolas de gas que no funcionaban, han arreglado también la plaza y han puesto nuevos bancos… ¿Qué más quiere que haga? Pasaré una nota al ayuntamiento para que vengan a arreglar esta calle, no se preocupen. ¡Y no den la tabarra al señor Sorolla, que ha venido a descansar! Bueno, y a pintar lo bonito que está quedando Benimàmet, ¿verdad? -Si es que éstos son del otro bando… -le susurró al señor Mir.

 - Pues señor alcalde, hace falta más seguridad y efectivos de la Guardia Civil, han robado varias cosechas.

- Ya les dije que teníamos dos agentes por cada turno y de momento estamos bien servidos. Francisco, ¿ha visto cómo siempre están quejándose? Pero bueno, yo gobierno para todos, ¡que no se diga!

- Señor alcalde -dijo Sorolla-, respecto a su pregunta, tengo en mente al menos hacer una nueva pintura, ya lo iremos viendo. Señores, vayan ustedes con Dios, voy a enseñarle a mi señora la iglesia y el castillo y seguidamente la estupenda huerta que tienen aquí. ¡Hasta pronto!

- ¡Si ya conoces a medio pueblo, jajaja! -se rio Clotilde.

- Bueno, del año pasado, de la semana que estuve viniendo, son gente muy bonachona, además, aquí se conocen todos, son alrededor de unos dos mil vecinos.

- Espera, deja que pasen las carrozas y seguimos andando.- dijo Clotilde ante el ruido de los carruajes y los caballos que a esta hora de la tarde abundaban.

Y así, paseando, llegaron a la Iglesia de San Vicente Mártir, entraron dentro, se santiguaron y Clotilde quiso acercarse a ver a la imagen de San Vicente. El cura les explicó que San Vicente Ferrer venía mucho a esta parroquia en su tiempo, cuando iba camino de Paterna paraba a rezar aquí, ya que San Vicente Mártir era uno de sus preferidos. Después les mostró y explicó las bonitas pinturas que había representadas y cómo con la colaboración de algunos vecinos ayudaban a los más pobres. Clotilde salió emocionada por la belleza de la Iglesia y las atenciones del cura. Al salir vieron el bonito castillo feudal que estaba al lado y del cual el cura les había explicado que llevaba en pie desde 1510, y que en el subsuelo había pasadizos secretos. Según comentaban, llevaban hasta el Monasterio de San Miguel de los Reyes.

De ahí cruzaron el camino de Paterna y se encontraron con una extensa e infinita huerta verdosa hasta donde alcanzaba la vista. Una larga acequia junto a la calle transportaba la necesaria agua para tan ricos campos, había unos niños bañándose en el agua y un poco más allá dos mujeres agachadas lavando la ropa. Se veía multitud de carretas con sus caballos y muchos hombres trabajando equipados con sus sombreros de paja para el sol. Un hombre que estaba en el campo de enfrente se acercó y les dio unas habas que acababa de coger en el acto y les invitó a comerlas, les dijo que producto más fresco no iban a probar en la vida. Dieron las gracias al campesino y quedaron en venir a comprarle otro día.

Pasaron por la plaza de la Cruz, y en casa de *la Miguela* compraron unos tomates muy buenos para la ensalada. La señora insistía: "¿no quieren pepinos? ¿Una lechuga? Tengo sandías muy buenas, ¡llévense unas manzanas!, las nectarinas son recién cogidas también." A pesar de la edad sumaba mejor que un profesor de matemáticas, y siempre sonreía. Qué mujer más entrañable y qué buena comercial era, ¡por poco te vendía media tienda!

De ahí volvieron ya hacia casa, Joaquín le había pedido a Benita un *arròs amb fessols i naps, ya* que llevaba tiempo sin comerlo y, a pesar de que no estaba indicado en los meses de calor, le apetecía mucho. Era uno de sus platos favoritos, al igual que el arroz con acelgas o el arroz al horno. En Valencia ya se sabe… ¿A quién no le gusta el arroz? Se dice que es costumbre comer arroz siete u ocho días a la semana, y el día que hay otra cosa, pues lo echas de menos también...

Después de comer dos platos hondos y felicitar a la cocinera, cogió una pieza de fruta y sin apenas reposar, Sorolla se levantó y se fue a hacer una siesta, que para eso eran vacaciones, y con el sol que hacía al mediodía era más que necesario.

Al levantarse se fue a dar un paseo; Clotilde no quería salir y se quedaría con los niños en el patio de la casa.

Tenía ganas de ver qué tal le iba a María, si seguiría igual y si este año estaría dispuesta a posar también para sus cuadros, así que sin pensarlo se fue camino hacia las cuevas *Camales*. Pasó la estación de tren, cruzó la vía y ya se veía la llanura con multitud de cuevas y sus blancas chimeneas, que eran como unos tubos alargados que salían desde el suelo y que habían sido pintados con cal.

- Hombre, otra vez por aquí… - dijo con un disgusto disimulado el vecino de María.

- Hombre, don José, ¿qué tal está? ¡Cuánto tiempo! - dijo Sorolla estrechando la mano de José.

- Bueno, hemos pasado un año estupendo. Rosario, María y yo, somos como una familia de tres. Bueno, y los niños.

- Me alegro mucho. ¿Y María qué tal está? Por cierto… ¿está aquí? -El corazón le palpitaba a mil por hora, estaba emocionado e intrigado por ver si seguiría igual de bella y si al verla volvería a sentir ese impulso.

- ¡Hola, don Joaquín! - gritó María desde atrás.

 Sorolla se giró para verla. Allí estaba ella con su sonrisa, sus dientes blancos como perlas, su melena morena rizada, sus profundos ojos, sus labios carmesí, su imponente figura… Era todo estéticamente perfecto en ella, un canon griego andante.

- ¡Hola María, no me trates de usted, por favor! ¡Qué alegría verla y qué bien la veo! La encuentro muy feliz, y la cara de preocupación del año pasado se le ha ido… ¡Parece que se ha liberado de una carga!

- Está en lo cierto don Joaquín, después de unos años muy malos empiezo a levantar cabeza, ya sabe todo lo que pasé con Tonet y luego al morir él, pero aquello ya pasó y la vida me vuelve a sonreír. Tengo trabajo, mi hijo crece sano y feliz y yo poco a poco voy pasando página y tengo a estos vecinos que tanto me ayudan… ¡Qué más se puede pedir!... Ah, ¡por cierto!, he estado yendo a la escuela de adultos por las tardes después del trabajo, y estoy aprendiendo y progresando mucho, haberles conocido a don Vicente y a usted, me ha motivado a mejorar.

Estas palabras sentaron mal a José, de un plumazo eran ellos los protagonistas y él, que tanto había hecho por ella, había quedado relegado a un quinto plano, en tan solo un instante, no era justo.

- María, no sabe cuánto me alegro, se merece toda la felicidad. Mi amigo Pedro Gil siempre me dice que "la vida es lo que te va sucediendo mientras tú te empeñas en hacer otros planes" y es verdad que siempre suceden imprevistos que nos hacen daño y nos perturban, pero siempre hay que pensar que todo es pasajero y que pasará, y nunca perder el camino. Nos gustaría que el camino fuera recto y sin baches, pero la realidad es que está lleno de agujeros y de curvas, así es la vida. Ha demostrado una fortaleza increíble y, a pesar de los problemas, ha sabido plantar cara y salir adelante.

- Eso se lo he dicho yo un montón de veces, ella es pura fuerza y puede con todo. Además, yo no sé qué haría sin ella. - dijo José.

- Por cierto, estoy muy enfadada con usted… me dijo que me escribiría y se ha olvidado de mí – se quejó María a Sorolla.

- Pero María, si le escribí una carta en mayo, ¿no le llegó entonces? Yo pensaba igual, creía que ya no quería saber de mí...

- ¡Qué va! Me he acordado muchísimo de usted y se le ha echado de menos…- dijo María.

- Yo también me he acordado y pensaba en cómo estaría...

José estaba incómodo y sentía que sobraba, estaba en medio de dos almas conectadas y eso le causaba celos, pero no iba a dejarlos solos y ponérselo fácil. Sabía a qué venía este hombre, lo tenía calado.

- Bueno, María, llevo idea de pasar aquí dos o tres semanas hasta que mi mujer dé a luz y se encuentre recuperada, así que mi plan es pintar aquí algo similar a lo del año pasado. ¿Podría contar con usted?

- Hombre, ¡claro! Todo lo que necesite y más.-respondía feliz María.

- Gracias, quiero retratar un paisaje de aquí con una familia joven campesina, los padres y su niño recién nacido. ¿Qué le parece José? ¿Podría estar con nosotros por las mañanas y posar junto a María?- preguntaba Sorolla.

- Pues… me gustaría… -balbuceó José que no se esperaba esa invitación- Algún día intentaré estar, pero debo ir a trabajar al campo, no puedo faltar al trabajo...

- Bueno, no se preocupen, hablaré con el señor alcalde para que me ayude a conseguir a alguien que haga de padre y a un niño, de bebé usaremos al suyo si le parece bien, señor José.

- De acuerdo, puede contar con mi hijo y pintarlo junto a María.

José en realidad era buena gente, venía de familia muy humilde, el mayor de cuatro hermanos por lo que siempre asumía la responsabilidad de ayudar a su padre y su madre y de hacerse cargo de sus hermanos. Por ello, vivió una infancia de continua renuncia de sus deseos en favor de los demás, y siempre que algún hermano se metía en problemas él salía a dar la cara y lo resolvía. Tuvo buenos amigos en el pueblo, pero su única y mejor amiga de la infancia era María, en cuanto a mujeres, sólo tenía ojos para ella. De pequeña era muy guapa y eso conllevaba a que algún chico se propasase. Una vez, un muchacho de otra cuadrilla le tocó descaradamente el trasero en medio de la calle delante de sus amigos, provocando la risa de todos y una terrible vergüenza en María.

José no lo pudo tolerar y, cuando en la cuadrilla se despidieron, siguió al aprovechado y en un callejón lo enganchó a solas y le propinó tal paliza que casi quedó medio muerto en el suelo. ¡A su María no la tocaba nadie! Lo agarró por la solapa de la chaqueta con sus fuertes manos y le dijo:

- La próxima vez que vuelva a tocar a María le mato. ¿Ha oído bien?

- ¡Sí, perdone, era una broma tonta, no volverá a ocurrir! ¡Perdóneme! - dijo el muchacho con la boca llena de sangre.

Y así es como José asumía un papel protector con sus hermanos y con María, poniendo a raya a cualquiera que sobrepasara sus límites. En otra ocasión, con María más mayor, también le soltó una gran bofetada a otro hombre por sobrepasarse que casi cayó al suelo, pues José siempre había sido muy fuerte y gozaba de buenos músculos de toda una vida de trabajo.

Era valiente para unas cosas, pero tenía pánico por declararse a María, que le dijera que no y que eso enfriara la relación tan bonita que tenían, así que pensaba que algún día ella se daría cuenta de que él era el hombre que le convenía. Ya llegaría, no tenía prisa, estaba acostumbrado a esperar y tener paciencia siempre en favor de los demás. Tiempo al tiempo.

Pero el tiempo pasó, y tuvo que sufrir al ver cómo el miserable de Tonet se la quitaba para siempre. La boda la vivió con profunda tristeza aunque lo disimuló perfectamente. Afortunadamente hubo una vecina que lo apreciaba mucho y empezaron a *festejar*, eso le ayudó a sacar el clavo, pero nunca del todo, pues aunque ella era muy buena, él seguía enamorado de María. La convenció para casarse y vivir en la vivienda cueva; además no tenían mucho más donde elegir, así que la felicidad volvió pronto cuando se instaló al lado de María. Sin embargo, con el tiempo, la mala relación y el carácter de Tonet le harían sufrir de nuevo, siempre quería ver a María feliz. Él también merecía ser feliz algún día, ya estaba bien de ser siempre el último…

Todo quedó bien resuelto, Sorolla iría el jueves, dentro de dos días, y empezaría a pintar por las mañanas solamente. Antes quería ir a pasar el día con su amigo Vicente a la Albufera y para pintar a un viejo amigo de éste en su barca, y de paso comerían un buen *all í pebre.*

Por la noche, ya en casa, asaron unas sardinas que, junto a unos pimientos fritos y huevos de la gallina del vecino, sabían a gloria.

- Joaquín, el año que viene para marzo tenemos que volver a Valencia, no me quedo un año más sin las fiestas de las fallas y sin ponerme mi traje regional valenciano. Quiero oler la pólvora de las tracas y sentir cómo tiembla el suelo y explota todo… ¡Es una sensación única en el mundo! Y ver los monumentos, que son puro arte… ¡No hay otra fiesta en el mundo que llene toda una ciudad de arte e ingenio!

Sorolla y Clotilde no podían imaginar que en un futuro la ruidosa y divertida traca evolucionaría a una rítmica y musical mascletà, y que a partir de 1940 empezaría de forma casi espontánea la Ofrenda a la Virgen de los Desamparados y que sería uno de los actos más venerados y por supuesto, que las fallas serían declaradas por la UNESCO como una de las fiestas más importantes a nivel mundial, Patrimonio inmaterial de la humanidad.

- A mí también me encantan, intentaré organizar la agenda, pero hay actos que surgen a los que no puedo ni debo faltar, así que si yo no puedo acudir, te vienes tú con los niños y los vistes de falleritos también. Por mí no hay problema, sabes que siempre te digo que la vida pasa volando, que hemos dado la vuelta al reloj de arena y lo que queda hasta que se consuma hay que aprovecharlo al máximo. Quiero que estés feliz y vivas para sentirte así.

- Lo sé, amado mío, ya sé lo que me dijiste de los pensamientos… que tenemos la capacidad de controlar lo que pensamos y que si nos hablamos en positivo, buscar el lado bueno de todo, nos motivamos y nos decimos cosas bonitas, la vida cambia de color y se hace más llevadera. Se trata de coger el hábito y, con el tiempo, nuestro cerebro aprenderá a hablar en positivo. Todo se aprende y, la verdad, ¡vale la pena! Desde que sigo tus consejos me siento muchísimo más feliz y la vida cada vez me resulta más fácil. Es verdad que somos nuestro mejor amigo, pero a veces podemos ser nuestro peor enemigo cuando envolvemos nuestra mente de dudas, miedos, incertidumbres, arrepentimientos, celos…

Cuando miramos a los demás con envidia en lugar de pensar en cómo mejorar nosotros mismos, cuando no nos planteamos nuevas metas y nuevos aprendizajes, cuando por pereza ni intentamos cosas nuevas y nos quedamos parados en nuestra zona de confort… ¡nos estamos matando en vida!

- La vida es tan corta y hay tantas cosas por ver, por disfrutar, por sentir, por vivir, por amar… que necesitaría cien vidas para poderlo pintar todo. Por cierto, mañana saldré muy temprano, pasaré el día con Vicente en la Albufera, me llevaré los útiles de pintura y estaré todo el día trabajando al aire libre, retratando a un anciano pescador amigo de Vicente. Si no me da tiempo lo acabaré en casa, pero necesito captar "la luz".

- Muy bien, querido, me encanta que pintes y que disfrutes con ello. ¡Sabes que yo siempre te apoyo!

Al día siguiente, todavía de noche, estaba Vicente en la puerta de la casa ya esperando con su carruaje grande con sus cuatro caballos. Le abrió la puerta el sirviente que conducía y Joaquín subió. Se dieron la mano y un firme abrazo.

- ¡Venga, ponte en marcha Pepe, que nos queda un buen camino!

Y así salió el carruaje a toda velocidad camino hacia La Albufera.

- ¡Hombre, dichosos los ojos que te ven! ¡Qué ganas tenía de verte! Hoy pasaremos un gran día en la barraca del tío Paloma, y van a hacer un *all i pebre* en tu honor, como el año pasado.

- *Xe*, llevo un año sin comerlo, ¡dos platos me voy a comer seguro y todo el pan que encuentre lo *sucaré* en el caldo!

- Anoche casi no dormí escribiendo y ultimando los artículos para el periódico y así hoy tener el día despejado y poder estar contigo. He estado pensando que en el próximo número…

Y así atravesaron el Saler, a un lado una pinada enorme que se abría a la playa y al otro los numerosos campos de arrozales, todavía con agua y con la planta del arroz ya crecida. Todo estaba verde, las gaviotas y multitud de aves estaban felices por la abundante comida. Después del largo trayecto atravesaron el puente estrecho del Palmar y llegaron hasta la barraca del tío Paloma.

El Palmar, ubicado en la parte sureste de la Albufera, un pequeño pueblecito o islote, rodeado de agua pero comunicado con pequeños puentecitos. Contaba en estas fechas con 500 habitantes, estaba conformado por varias calles alineadas con sus barracas; hechas de cañas y barro principalmente, que nacían desde la plaza principal de la pedanía, donde se hallaba la ermita del Niño Jesús. Rodeado de abundantes plantas de palmitos, de ahí su nombre.

Según las malas lenguas acudían los escoberos de poblaciones próximas para aprovisionarse durante todo el año.....con el tiempo viendo la rentabilidad de la pesca empezaron a establecerse y a quedarse a vivir de los productos que ofrecía el lago. Aunque la realidad o la versión más aceptada, es que fue poblado en sus inicios por pescadores que procedían de Ruzafa, Torrente, Silla y Catarroja, durante varios siglos la población no era constante, y las barracas se construyeron en un principio para guardar los útiles de pesca y guarecerse en caso de necesidad y que no fue hasta la segunda mitad del siglo XVIII que los pescadores y sus familias comenzaron a establecer su residencia en la isla.

 Allí, bajo el árbol, tomaron un aperitivo y enseguida se fueron a la barca donde el tío Paloma se sentó, con sombrero de paja y camisa blanca y Sorolla, que ya había instalado el caballete y el lienzo, empezó a mover el carboncillo y a trazar las primeras líneas; serían de trazo largo y rápido. Al final, entre todos lo "bautizaron" como *Viejo pescador en una barca*. A la hora de comer ya tenía hecho todo el boceto plasmado en el cuadro y había empezado a darle color. La cuñada mientras tanto estaba sentada a un lado de la barraca durante toda la mañana, cosiendo y arreglando la red para la pesca, pues aquí vivían de lo que pescaban y de lo que conseguían cazar.

 El *all i pebre* estaba para chuparse los dedos. Las bromas y anécdotas de Blasco Ibáñez no paraban y las risas se oían en todo el Palmar. Una vez acabado el guiso, el tío Paloma les dio un paseo con la barca y se cruzaban continuamente con otras embarcaciones y gente andando por las tierras. Los saludos eran continuos, allí se conocían todos, pasó Ximet con su nariz roja alcohólica, siempre iba borracho vagando de un lado a otro, sin querer trabajar y bebiendo todo lo que podía.

 A los lejos se veía a una familia de Albal que venían todos los años por estas fechas, con su carruaje bien cargado, los padres, el abuelo y los 7 hijos pequeños; era un festín para ellos, se tiraban dos días y una noche, a la intemperie y se hinchaban a coger anguilas, ranas y como no, las ratas de la Albufera tan grandes como conejos ya que estaban bien alimentadas con el arroz que allí se cultivaba. La madre les hacía unos guisos tremendos y durante dos días estaban allí de fiesta, felices con el manjar y después se volvían a Albal a seguir cultivando sus campos; uno de boniatos por supuesto y sus animales; así hasta el año siguiente.

Después del paseo en barca volvieron al trabajo, Sorolla siguió pintando un par de horas más y luego iniciaron el regreso a casa antes de que oscureciera del todo.

Clotilde le hizo un masaje en el cuello a su esposo, ya que había llegado cargado, pero el día había valido la pena y la compañía de Blasco Ibáñez aún más. Hacía *ponentada*, no se movía el aire y lo poco que se movía era caliente, por lo que se acostaron pronto para intentar descansar.

Al día siguiente partiría hacia la Malvarrosa, su amigo Alfonso, uno de los pescadores que retrató el año pasado, iba a celebrar la inauguración de la nueva barca que había mandado construir, iría el cura a bendecir la embarcación y multitud de vecinos, amigos y allegados. Iría también José el bedel, a quien tenía ganas de saludar y le ayudaría con la preparación de la pintura.

La imagen le venía a la cabeza de entre otras que había visto en años anteriores, un momento emocionante y una costumbre muy arraigada entre las gentes del mar, aprovecharía para inmortalizar tan bella costumbre. Allí estaba la barca, bien grande y engalanada con las velas recogidas; arriba, el orgulloso patrón estaba de pie y parte de la cuadrilla a su lado sentados elegantemente vestidos, escuchando al cura con biblia en mano dando el discurso y bendiciendo la barca con su atuendo característico, y al lado el monaguillo con su bata roja y por encima el camisón blanco.

Después comenzó la fiesta, el patrón desde lo alto de la barca tiró algunas monedas y caramelos por el aire y los allí presentes recogían del suelo los regalos que caían. Sirvieron algunas bebidas y el ambiente fue de plena alegría, Sorolla supo captar bien el momento. El cuadro quedó muy bonito y era necesario pintarlo, era "costumbrismo social" y lo titularía *La bendición de la barca.*

Capítulo 10. Familia Joven Valenciana.

 Sorolla andaba muy excitado e ilusionado, el señor alcalde le había presentado a don Federico, uno de los maestros de la escuela de adultos, que tenía una edad similar a él y cumplía el papel que necesitaba para su cuadro. Había enviudado después de una larga enfermedad de su esposa y no llegaron a tener hijos, por lo que disponía de tiempo libre al estar el colegio cerrado por el verano, venía vestido de labrador para la representación, tal y como le indicó al alcalde que vistiera, las camisas blancas le encantaban al pintor, daban luz y jugaban bien con las sombras.

 Al ver a María ambos se sorprendieron y alegraron: resulta que el señor Federico era uno de los profesores de María durante ese año, un hombre serio que todavía reflejaba la tristeza de su viudez, pero muy respetuoso y de carácter apacible. En el colegio, más de una solterona había intentado echarle el lazo, tener un marido que era jefe de obra y además ejercía de maestro era un buen porvenir… ¡qué más se podía pedir!. La mayoría de maestros en estos años, apenas ganaban dinero con esta actividad y por ello, compaginaban con otra profesión más lucrativa (hasta el año 1.901 la enseñanza primaria no pasaría a formar parte del estado, por lo que no tenía partida presupuestaria hasta esa fecha).

 Antes de empezar, el ambiente estaba distendido. María, sentada bajo la sombra de un frondoso árbol, levantaba al bebé en brazos y no paraba de hablar. El otro niño estaba al lado, era un poco más mayor de cinco años, era sobrino de Federico y estaba jugando apoyando el cuerpo sobre una silla. Federico, junto a la vivienda cueva, observaba feliz la escena. A Sorolla le encantó esta escena familiar espontánea, así que les pidió que no se movieran más, que era así como iba a pintarles, una escena familiar que parecía tan real y que le permitía jugar con las sombras del árbol reflejadas en el suelo blanco de la roca calcárea.

- No se muevan, por favor. Señor Federico, inclínese un poco hacia delante, como si acabara de venir del campo y le doliera la espalda de estar tanto rato agachado. Así… perfecto, muy bien.

Los trazos iban llegando al lienzo, Sorolla estaba inspirado, esta escena era fantástica, una familia campesina valenciana, los padres y sus hijos en una escena natural al aire libre.

- ¿Yo estoy bien así?

- Está perfecta María, si quiere descanse un poco los brazos y luego vuelva a subir al bebé, estoy ahora trazando la falda y luego iré subiendo. Señor Federico, descanse un poco la postura.

- Yo he pedido permiso para la semana entera, ¿le dará tiempo a terminar?- preguntaba con interés el maestro.

- ¡De sobra! En dos o tres días que coja bien las formas y le dé color estará casi, ya retocaré el resto en mi estudio.

Al mediodía llegó José a comer y se encontró con un ambiente muy distendido y… un nuevo contrincante. ¿Ese era el profesor de María? ¿Tendría ella algún interés en él?

Estuvo un rato observando la escena y enseguida se metió en su vivienda para comer rápido y volver al campo. Al salir José ya no había nadie, cada uno había marchado también a casa a comer. Habían guardado los útiles de Sorolla en la casa de María.

Benita estaba preparando un *arròs a banda* con algo de *morralla* que había conseguido comprar y unas pocas gambas que olía de maravilla. Al oír entrar al señor de la casa, echó el arroz en el caldo para que se terminara de cocinar. La mesa estaba puesta en el corral, y bajo la sombra de la viña se estaba bien. Había hecho all-i-oli a petición de Clotilde y los niños se untaban un poco en el pan, estaban ya hambrientos. Después de abrir la sandía y degustarla, llegó el momento de la siesta. Clotilde se quedaría sentada en la hamaca, el embarazo le oprimía el estómago y debía estar en posición vertical. Los niños jugaban por el patio sin parar y la suegra roncaba suavemente desde la otra hamaca.

Por la tarde Benita elaboró una horchata con unas chufas traídas desde Alboraia que había conseguido el tendero y depositó sobre la mesa una bandeja de deliciosos y dulces *cachaps* del Horno del Rosario de Paterna recién hechos. Todos sentados alrededor de la mesa disfrutaron de tales manjares.

- *Xe, això és mel!* Señora Benita, se va a tener que venir a Madrid con nosotros, tengo que felicitarla por sus manos de cocinera.

 - Gracias, señor, es un halago y lo hago gustosamente, tal y como me enseñó mi querida madre.

 - A decir verdad, la gastronomía de Valencia es excelente... Cuántos platos tradicionales hay, y no sólo es comerlos, es todo el ritual que se monta alrededor cuando se cocina, por ejemplo, una paella y luego todos rodeándola y comiendo. Ahora, como siga así zampándome dos platos en cada comida... ¡me voy a poner redondo! Bueno, voy a salir a la taberna a ver al señor Blat, que quiere hablar conmigo, luego daré un paseo por la huerta y ya volveré para cenar con vosotros. ¡Nos vemos a la noche!

Al llegar a la taberna, le estaba esperando en una mesa.

- Don Joaquín, gracias por venir. Mire… hay un señor importante que me ha hecho el siguiente encargo, pero no quiere que su nombre salga a la luz y quiere que esto quede en el más puro anonimato. Le encantó su pintura de *El Columpio* que hizo el año pasado aquí en Benimàmet, desea que pinte una similar a esa, pero añadiendo un niño más junto a la madre y el bebé en el capazo igualmente, con el fondo de las viviendas cueva. El señor viene de una familia muy adinerada y desea colgarlo en el despacho de su casa, pero sin que se haga pública esta adquisición, así se siente más tranquilo y seguro. Le pagará la suma que le pida, y una vez terminada la obra, usted me la entregará a mí y yo le haré el pago acordado al instante.

- Perfecto, me ha quedado claro el encargo, en unos días lo tendrá pintado… Utilizaré a María también, por supuesto, y me viene bien para ganarme unos cuartos. La semana que viene a estas horas lo llevaré a su casa envuelto en tela, muchas gracias por su diligencia.

 Por allí apareció un amigo que se paró unos minutos a saludar. Era el señor Ten, un fuerte y gran deportista que siempre iba con la bicicleta rodando (quién le diría a él que su bisnieto, Ricardo Ten, de Benimàmet, cogería el testigo y sería posteriormente varias veces Campeón del Mundo de Natación y de Ciclismo, dando todo un ejemplo de superación personal y convirtiéndose en un héroe del siglo XXI).

 Sorolla se despidió y se fue contento con el inesperado encargo, fue a contárselo a María, pues la necesitaría unos días más, le pagaría y podrían disfrutar de estar más tiempos juntos. Al llegar se encontró la puerta entreabierta, la oía llorar, empujó la puerta y allí estaba María en mitad del suelo, llorando desconsoladamente. Se acercó preocupado y la ayudó a levantarse.

 - ¿Qué le ha pasado, María? –preguntaba Sorolla.

- Han venido a buscarme unos señores que no había visto en mi vida, me han enseñado un documento firmado por Tonet donde les reconocía una deuda de 300 pesetas y avalaba con esta casa. ¡Han dicho que si no pago en dos semanas vendrán a tirarme de mi casa!

- Es muchísimo dinero, María… ¿No han accedido a darle alguna facilidad de pago?

- ¡No! Dicen que el plazo cumplía a los cuatro años y no admiten demora alguna. ¡Estoy perdida! ¿Y qué va ser de mi hijo? - se derrumbó de nuevo entre lágrimas.

- María, déjeme unos días y veré que puedo hacer, es mucho dinero, haré lo que pueda, usted no se preocupe que no voy a permitirlo. Venía a contarle que he conseguido un nuevo encargo, como se mantendrá en el anonimato una parte del dinero será para ayudarle.

Marchó Sorolla para casa asustado ante el problema y la deuda, prefirió no comentar nada de lo ocurrido a su mujer, ya tenían bastante con el embarazo y no quería asustarla ni preocuparla.

A la mañana siguiente, María lucía unas oscuras ojeras por no haber dormido en toda la noche, pero salió preparada para seguir posando. Federico venía contento, ajeno a la noticia, por supuesto, él no tenía que saber nada y José tampoco debía enterarse. Sorolla intentó acelerar y dar largas pinceladas de color para agilizar la finalización del cuadro, estaba con las sombras del suelo y la camisa de Federico y dando últimos retoques, quería acabar este para empezar el encargo y poder cobrar ese dinero que tanta falta le hacía a María, no quería que esto saliera a la luz y que en su casa se enteraran de la ayuda comprometida, a su mujer no le parecería bien, pero su corazón no le marcaba otro camino que ayudarla, era por una razonable causa.

Al día siguiente, todos en la misma postura, hablaban sobre la próxima feria de Valencia, nunca habían ido a una corrida de toros y Sorolla les comentaba el ambiente y como se vivía desde la plaza. Estaba deseando poder ir y había mandado a un amigo a comprar entradas para los palcos. Pasó la mañana y Joaquín dio por terminado el asunto, acabaría el cuadro tranquilamente en casa, ya lo tenía prácticamente perfilado. A éste le llamaría *Familia Joven Valenciana*, pintado en Benimàmet en el año 1.895.

Se despidió de Federico y le dio las gracias por estos días que había estado posando, Federico no quiso cobrar nada, era feliz por haber podido ayudar y de ser inmortalizado en un cuadro de un gran artista. El día de mañana la gente podría ver su cara y él siempre estaría ahí, en las cuevas *Camales*. Fueron unos días y una experiencia bonita y con todo eso se sentía más que pagado. Se despidió de María y le dijo que la esperaba un año más en el colegio de adultos, a lo que María respondió con un:

-Por supuesto...

Y así pasaron estos días al natural, en el campo, al aire libre, en este singular lugar, donde compartieron buenos momentos, risas y alguna que otra mala noticia.

Por la tarde Sorolla había quedado con el señor Calatrava para ir a acompañarle a la Lonja a comerciar parte de cosechas que tenía apalabradas. Al llegar allí, se quedaron en frente del edificio mirando tan bella obra de arte, quizá el edificio gótico civil más bello e importante de Europa, realizada en pleno siglo XV durante el Siglo de Oro de Valencia, cuando esta ciudad brillaba no sólo en España sino en toda Europa.

- Hay que ver lo que el ser humano es capaz de hacer con la piedra... Ojalá algún día tenga un nieto arquitecto y sea capaz de levantar algún edificio así de emblemático para Valencia y que hagan allí eventos, galas... Es mi sueño, ¡me llenaría de orgullo! ¡A mi nieto no paro de decírselo, que se haga arquitecto, es el futuro! -suspiraba el caballero.

- ¡Ay, señor Calatrava, es muy complicado hacer edificios así, son de gran complejidad, pero sería maravilloso! Esto es arte con mayúsculas.

Se quedaron contemplando las gárgolas obscenas que rodeaban la Lonja y se rieron comentándolas; había una en la parte norte de una mujer descaradamente desnuda que indicaba la dirección del mayor prostíbulo de Europa. Cuántos nobles vinieron aquí y pasaron por allí y cuántos hijos nacieron entre esas paredes, muchos seguro con excelentes genes y muy inteligentes.

Dentro de la Lonja fueron a una de las mesas y pudieron cerrar satisfactoriamente los acuerdos, firmaron los contratos y con un buen apretón de manos se acababan de sellar los negocios, además de la firma.

Sorolla recordó que años atrás estuvo pintando detrás de la Lonja *El crit del Palleter*, una obra emblemática de un momento importante en la historia. En una esquina de la Lonja saludaron al señor Vicente Roig, buen empresario agrícola y ganadero de la zona de Poble Nou, que iba acompañado de sus hijos pequeños Francisco y Juan Roig. Su ilusión era poder transmitir a sus futuras generaciones el trabajo duro, el orgullo y la importante responsabilidad de ser empresarios para la ciudad de Valencia y poder devolver a la sociedad lo mucho que les daba. Soñaba con innovaciones y en poder expandir el negocio. Según decía, la sociedad estaba muy necesitada de buenos empresarios y de la cultura del esfuerzo. Al despedirse del señor Roig fueron a una taberna y siguieron hablando sobre la evolución y crecimiento de la ciudad, de la huerta de Valencia y también de arte, el tema favorito de Sorolla, a la tertulia se unieron los pintores Antonio Muñoz Degrain y José

Mongrell que se encontraban también en el local, pasaron una excelente tarde.

A la vuelta el carruaje lo dejó en la puerta de casa y fue directamente al corral, donde le esperaban todos hambrientos. Un poco de carne, unas alcachofas a la brasa y tortilla de habas, cebolla tierna recién cogida, olivas y un porrón de vino completaba la mesa. Sorolla les contó las escenas vividas dentro de la Lonja y cómo se negociaban allí los contratos, todos escuchaban atentos al ver el entusiasmo y alegría con que lo contaba...

Después sacaron varias sillas y se sentaron a tomar la fresca en la calle, donde se juntaron con otros vecinos, era una buena costumbre de la época, la red social de aquellos tiempos y todos formaban una gran familia compartiendo penas y alegrías. ¡Cuánto apoyo se daban unos a otros, un vecino valía un tesoro!

Ya en la cama, a Sorolla le vino de nuevo la siguiente pregunta: ¿quién habría matado a Tonet?, suponía que algún desconocido, pues en el pueblo todo era gente estupenda.

Capítulo 11. La mejor cuna.

Todavía tenían más de una semana para realizar el pago y para entregar esta obra y poder cobrarla. Sorolla, por si acaso, había hecho llegar una nota a su amigo Vicente pidiendo la máxima discreción y un adelanto del dinero, prometiendo devolvérselo a la mayor brevedad. María seguía triste y preocupada, tenía asumido que le embargarían la casa de un momento a otro y nada podía hacerse. Se puso debajo del árbol con las manos cogiendo el capazo del bebé que colgaba de la rama y un niño al lado de ella que también daba protagonismo al bebé. Era parecido a *El Columpio* y podría dar lugar a confusión, pero quedaba muy bonito.

- ¡Ay, don Joaquín! ¿Algún día me saldrá algo bien?, parece que cuando voy a levantar cabeza pasa algo que me la hunde, no hay manera.

- Tranquila María, ya verá cómo esto se arregla. –decía Sorolla para intentar animarla aunque estaba también muy preocupado y triste por la situación.

- Mire que me esfuerzo y lucho por mejorar, quiero lo mejor para mi hijo, que tenga una vida normal como el resto de los niños, me duele que su padre terminara así, pero el muy canalla hasta muerto tiene que venir a hundirme… ¡No ha tenido bastante ya! Y qué pena para Antoñito no crecer con un padre de referencia.-decía María con gran pesar y tristeza, a punto de romper a llorar

- Su hijo está creciendo feliz y tiene un buen modelo en usted y en su abuelo, le dan un buen ejemplo.

- Ojalá algún día encuentre un hombre como usted, educado, respetuoso y que sea un buen referente… ¡No sabe lo que daría por ello!

- Gracias María, debo confesarle que - mi mujer a un lado- es la mujer más bella que he visto en todo el mundo que podido recorrer, y cualquier hombre se derretiría si le dijera "ven". Además, se esfuerza en mejorar su cultura y educación, ¡cualquier hombre de sentiría afortunado!

Después de intercambiar piropos, se pusieron a hablar de José, de lo mucho que la había ayudado y lo buena que era su esposa, luego Sorolla siguió preguntando por la muerte de Tonet:

- ¿Y al final no se sabe quién lo mató? – preguntaba el pintor.

- Me dijo la Guardia Civil que encontraron la faca con la que lo mataron y que parecía una pista importante, pero tenía tantos enemigos que vaya a saber quién fue... ¡Hasta de mí sospecharon! ¿Usted se cree?, estuvieron interrogando a medio pueblo pero ahora llevo tiempo sin tener noticias, imagino que no habrán encontrado una pista concluyente.

- ¡Vaya! Bueno, espero que algún día encuentren al criminal.

- En fin, yo ya he empezado a rehacer mi vida y, la verdad, con él sólo eran desgracias y malos tratos, con una persona así no se puede estar. ¡Qué importante encontrar a alguien equilibrado y la cabeza bien amueblada!

- Pues sí, es verdad, ¡y lo difícil que es! Ya verá cómo lo encuentra, quizá lo tiene más cerca de lo que se piensa...

María se quedó pensativa, ¿acaso se estaba insinuando este gran artista? ¿Cómo se iba a fijar en una pobre muchacha este señor de la alta sociedad casado con una gran mujer? ¿Quizá

sólo buscaba aprovecharse como la mayoría y después "si te he
visto no me acuerdo"?

 La mañana pasó rápida y el cuadro iba tomando forma, lleno
de múltiples garabatos hechos a carboncillo, tras la sesión
guardaron los útiles dentro de la casa de María y Sorolla salió
rápido para que nadie pensara mal. A la semana siguiente
empezaba la Feria de Valencia y quería tenerlo todo acabado
para poder disfrutarla, ir a los toros y ver alguna actuación. Se
marchó campo a través, dirección Burjassot, para comer con su
amigo Vicente tal y como quedó en la nota que le remitió días
antes. Después del saludo y el abrazo, se sentaron y se pusieron
a hablar con intimidad. María, la mujer de Vicente, estaba
dentro ayudando a la sirvienta a terminar de hacer la comida.

 - Me dejaste preocupado con lo del dinero. ¿Ha pasado algo?

 - ¡Nada, amigo mío! Sabes que mataron al marido de María,
¿verdad? Pues éste tenía firmado un reconocimiento de deuda
avalando con la casa y han venido a quitársela a la pobre. ¡Y
estoy decidido a ayudarla!

 - *Tira més un pèl de figa, que una maroma de barco*! Si no
fuera una mujer tan guapa, no te estarías planteando ayudarla.

 - *Xe, recollons!* No seas malpensado. ¡Siempre pensando en lo
mismo! Es una buena mujer que ha tenido una vida muy mala y
tiene un hijo a su cargo, no puedo consentir que se queden sin
la casa. –respondía Sorolla malhumorado.

 - Menudo corazón tienes, si tuvieras que hacerte cargo de todo
el mundo que pasa miserias...

 - Bueno, hago lo que puedo, pero esto es una causa necesaria.
¿Me has podido traer las trescientas pesetas?

 - Tú ya sabes que puedes contar conmigo, eres como un
hermano para mí, aquí las tienes, cógelas.- dijo Blasco Ibáñez.

- Gracias, amigo mío, la semana que viene cobraré un cuadro que estoy pintando y te devolveré hasta la última peseta.

La comida fue un ir y venir continuo de platos, más que en una boda de la alta sociedad, a Vicente le gustaba dar lo mejor a sus invitados y si se trataba de Sorolla, lo mejor de lo mejor, estaban en el Jardín del chalet, aunque un momento antes habían estado en la Torre Miramar donde se divisaba al sur la ciudad de Valencia y todas las cúpulas de sus Iglesias, en frente estaban algunas viviendas cuevas y acto seguido Los Silos de Valencia, que era la despensa de la ciudad donde se guardaba una parte importante de las cosechas para el abastecimiento de la población y el orgulloso anfitrión siempre presumía de ellas, pues desde el siglo XVI venía jugando un papel primordial en la alimentación de Valencia. Al fondo todo se veía verde, la naturaleza llenaba el ambiente y a su derecha se veía a lo lejos el espléndido mar.

Después de tan exagerada comida, Vicente sacó orgulloso unos puros que había recibido de un amigo en La Habana y le dio a Sorolla la mitad de su tesoro, este sacó una cajita de cerillas y le ofreció la llama a su amigo, que chupando encendió el habano y llenó de humo sus pulmones y toda la terraza, después acercó la cerilla a su puro y todo se llenó de humo de nuevo, hasta el punto en que ambos fueron cubiertos por una espesa nube, María se fue tosiendo y renegando. Ante la molestia causada aprovecharon la excusa para dar un pequeño paseo subiendo la montañeta de los Silos, que tenía unas vistas impresionantes al estar en altura, se veía toda la huerta y campos y por encima el bonito y azulado mediterráneo. La Ermita de San Roque les acompañaba en esta luminosa y estrellada noche junto al irritante cri-cri-cri de los grillos.

Después de una acalorada tertulia sobre política y su diario republicano, Sorolla se despidió diciendo que era muy cabezón y muy cerrado, y que debía marcharse a casa, ya que no quería que se le hiciera de noche por el camino, Vicente le ofreció uno de los caballos para volver a casa, pero Sorolla prefería ir caminando entre los campos hasta Benimàmet, era un paseo simplemente y no le venía mal estirar las piernas, la luna llena le acompañaría.

Al llegar a casa, había venido su suegro de visita para cenar con ellos y quedarse a dormir. Al día siguiente tenía muy organizada la faena y podía llegar más tarde, así que el ambiente estaba alegre ante la agradable visita. Benita había hecho dos tortillas de patatas, algo de carne y un poco de ensalada de tomate valenciano.

Don Antonio se sentó al lado de Joaquín y estuvieron toda la noche conversando animadamente sobre la marcha del taller fotográfico, lo bien que le habían venido los encargos realizados en Benetússer y los nuevos clientes que estaba haciendo.

Después de la cena, los hombres salieron paseando hasta la taberna del pueblo y pidieron una copa de coñac y después otra, había que celebrar el encuentro de nuevo, ambos se profesaban un gran cariño y respeto profesional absoluto. El alcalde, que los vio pasar y entrar en la taberna, no quiso desaprovechar la ocasión para darse a conocer a este nuevo vecino. Le dijo que Benimàmet estaba mejorando mucho y que les invitaba a venirse a vivir aquí o a veranear, y puso de ejemplo a algunos comerciantes de éxito de la ciudad que habían elegido el pueblo para sus descansos. Después de la propaganda electoral se marchó con la satisfacción del deber cumplido y ellos siguieron hablando como si nada hubiera pasado por allí. Una vez acabada la segunda copa fueron andando hasta casa para acostarse, ya que al día siguiente había que seguir trabajando.

Con el primer canto del gallo, Sorolla se puso en pie y salió hacia el patio a tomar el desayuno. Todavía no había salido el sol, más bien parecía que volvía a anochecer. Clotilde dormía plácidamente y no quiso despertarla. Benita salió de su alcoba apresuradamente con los pelos alborotados, al oír ruido supuso que Sorolla se habría levantado y tenía que prepararle el desayuno, por lo que salió corriendo de la cama.

Antonio salió también al oír las voces del patio, supuso que ya estaría el desayuno y se levantó con hambre. Pidió unos huevos revueltos y un poco de queso, después tomó un café doble y se fue a terminar de peinarse y vestirse; lo mismo hizo Joaquín antes de dirigirse al trabajo.

-¡Buenos días, María!

-Buenos días, don Joaquín. Apenas he podido dormir...

-Tranquila, ya le dije que le ayudaría, voy a sacar los útiles y vamos a ponernos manos a la obra, que tenemos que agilizar el cuadro y entregarlo en el plazo acordado.

-Por mí cuando quiera empezamos, he desayunado también temprano y estoy preparada.

Se puso en la misma posición que el otro día, los niños no habían llegado aún al ser muy temprano, vendrían en un par de horas, pero para el pintor sería suficiente con la referencia de María en el cuadro. Mezcló los colores en la paleta y dando largas pinceladas el cuadro iba adquiriendo una apariencia casi real. Parecía de verdad, lo que más le costaba era conseguir la gama de distintos blancos y grises y las diferentes tonalidades, pero disfrutaba ante los retos y, a base de mezclar y probar, conseguía todo lo que se proponía. A veces movía la cabeza indicando negación y soltaba alguna palabreja malsonante, hablaba y se quejaba solo, algo no le salía y María le preguntaba si era culpa de ella, él caballerosamente respondía que era su torpeza al mezclar colores y que ella no tenía nada que ver.

Al pasar un par de horas trajeron al niño y al rato al bebé. Ya estaba la escena al completo, todos debajo de la sombra del árbol. En este momento a Sorolla le interesaban las sombras que se reflejaban sobre ellos y sobre el suelo, tenía que quedar bien definido para que el cuadro quedara bien ejecutado. Varios vecinos se acercaron a cotillear cómo iba el cuadro y le hacían preguntas sin parar, lo que desconcentraba al maestro. Al final María, viendo que él no se atrevía, fue la que les pidió que guardaran silencio para que el pintor pudiera estar concentrado en su trabajo. Al poco todos se fueron de allí, ya que el sol apretaba fuerte y era mediodía ya. Ambos tuvieron una conversación muy profunda.

- ¿Sabe qué le digo? Que he aprendido mucho de su compañía, me ha abierto los ojos y he aprendido que hay más mundo del que me imaginaba y más de lo que yo había visto. Vivía encerrada aquí en el pueblo, ¡pero me doy cuenta de que hay mucho bueno y multitud de cosas por descubrir y aprender! Antes era una persona muy cerrada y ahora estoy cambiando, el verle con su cultura y su inteligencia y lo bien que don Vicente el escritor y usted saben hablar, me ha hecho querer mejorar, y de eso me siento orgullosa. Me acuerdo de aquella primera vez que estaba tan desanimada y cogió un billete de 100 pesetas. Me preguntó: "¿Qué es?" y yo le respondí que un billete de 100 pesetas. Recuerdo cómo lo arrugó, lo dobló, lo tiró al suelo y empezó a pisotearlo. Después lo cogió, lo volvió a abrir y me preguntó de nuevo: "¿Qué es?", y yo le dije que seguía siendo un billete de 100 pesetas. Ahí me enseñó una gran lección: por mucho que nos pisotee la vida, siempre seguiremos siendo nosotros y el valor seguirá estando. ¡Todos somos igual de valiosos y que tenemos que tener confianza en nosotros mismos! No es cuánto caes, sino lo rápido que te levantas y reaccionas ante los golpes de la vida; estar dando vueltas al por qué ha pasado algo o si era injusto no hará mejorar la situación.

 - Así es, María, he podido notar un gran cambio en usted, no sólo en su estado de ánimo que ha mejorado muchísimo, sino en la propia confianza que desprende, ya no está pendiente de las opiniones y juicios de los demás, ahora se valora y trata de mejorar, ¡y eso se puede ver al instante! Ha trazado su propio camino, sabe lo que quiere y eso no depende de los demás ni de compararse con otros, su valor es el que usted se quiere dar, ¡y eso da más libertad en la vida que ninguna otra cosa! Nada de llamar la atención, en pensar qué opinaran los demás, en si es protagonista de algo o no. ¡Ha alcanzado un nivel superior de consciencia!

 Llegaba el mediodía, el cuadro estaba prácticamente acabado, se habían llevado a los niños hacía un rato y estaban los dos a solas, bajaron a la vivienda para terminar de recoger y Sorolla tenía guardada la gran sorpresa para María, extendió el brazo, abrió la mano y le dio las trescientas pesetas que tenía que pagar para cubrir la deuda del miserable de *Tonet*. Ella chilló de alegría y se llevó las manos a la cara, era una de las cosas más grandes que había recibido en la vida y por supuesto, nunca había visto tanto dinero junto. ¡Para ella formaba una gran fortuna! Abrazó a Sorolla con fuerza llorando y le dio un gran beso en la mejilla, ¡le había salvado la vida a ella y su hijo!

 Joaquín estaba feliz por haber podido ayudarla, se giró para seguir recogiendo sus enseres y al girarse vio que María, con sus manos, bajaba los tirantes de su vestido y éste caía al suelo, dejando su cuerpo plenamente desnudo: los hombros, el pecho, la cintura, la cadera, el vello negro de sus partes íntimas…

Sorolla, paralizado, se quedó mirando anonadado, no podía reaccionar; quedó en silencio, una arruga se trazaba en el entrecejo, apretó los labios… era un amante de la belleza, de lo estético, y aquello lo superaba. Tenía que hacer un gran esfuerzo para vencer a su voluntad.

María había asumido que debía pagar un precio ante tan gran suma de dinero, nada era gratis en la vida y pensaba que el artista la estaba comprando con ello, que la quería como una concubina más... ¿o era su propio deseo? Ella siempre había renegado de los hombres; sin embargo, ante una persona tan especial y buena no podía y además no quería negarse, él se había ganado el cielo y ella estaba dispuesta a hacerle ver las estrellas, era lo lógico. Todo le pertenecía a este buen hombre, un ángel caído del cielo...

- ¡¡Por Dios, María!! ¡Tápese, por Dios, que soy un hombre casado pero de carne y hueso y ante tal maravilla uno no responde! –reaccionó Sorolla.

María, totalmente sonrojada, se apresuró a taparse como pudo y se acurrucó en una esquina de la habitación, incapaz de levantar la mirada, completamente avergonzada. Basándose en su experiencia pensaba que este hombre, al entregarle tal suma de dinero, se lo iba a querer cobrar u obtener algo a cambio. Él intentó aplacar los nervios.

- María, le reconozco que he soñado muchas veces con usted, pues es más bella que un ángel y mi mente nublada ha fantaseado alguna vez con seducirla y tomarla… ¡Sería sin duda el sueño de cualquier hombre! Yo me siento muy halagado por su ofrecimiento, pero me estaría traicionando a mí mismo y a mi integridad como persona si me dejara llevar por los impulsos y nos entregáramos a la lujuria, además, le partiría el corazón a mi esposa a la que tanto amo y después no sería capaz de poderle mirar a los ojos, le doy las gracias y le pido disculpas, pero debo rechazar su oferta. No me debe nada.

José, que había llegado hacía dos minutos, vio desde una ventana entreabierta una parte del cuerpo desnudo de María y cómo corrió a taparse rápidamente, y todos los demonios se le vinieron a la cabeza, no la perdería otra vez. Lo tenía claro: debido al poderío económico y posición social de este artista, ella no había podido negarse ante tal petición, y este aprovechado sinvergüenza y además casado quería deshonrar a su María. Además, ella era para él solamente, ¡¡ya estaba bien de ser siempre el último, esto no lo iba a consentir por nada del mundo!!

Empezó a aporrear la puerta una y otra vez, cada vez con más fuerza, María rápidamente se intentó colocar bien el vestido y Sorolla, asustado, acudió corriendo hacia la puerta. Al abrirla, José lo cogió de la chaqueta con sus fuertes manos, le encajó un puñetazo con todas sus fuerzas y lo lanzó fuera de la vivienda por los aires. El pintor quedó medio inconsciente en el suelo, María chilló y se abalanzó sobre la espalda de José, gritando que parara. José, cegado por la ira y con la sangre hirviendo por sus venas, la empujó hacia dentro de la casa y cayó al suelo.

Se abalanzó sobre Sorolla, que aún seguía en el suelo. Éste pudo reaccionar y puso los pies, empujándolo hacia atrás de tal forma que se dio un buen golpe contra la pared, pero José, como poseído por una bestia, volvió a saltar sobre él y al caer encima se clavó en el hombro la punta del pincel que llevaba el pintor en la mano, dejando escapar un grito seco y desgarrador de dolor que se oyó en todo el *Camales*. Se puso en pie, la camisa blanca se estaba tiñendo de rojo, la herida chorreaba a borbotones y la sangre caía al suelo formando un charco de color escarlata.

José cogió con la mano el pincel clavado, lo extrajo de golpe soltando un nuevo grito y chillando a los cuatro vientos:

- ¡¡Nadie me volverá a quitar a mi María, nadie!! ¡¡Esto es lo último que ha hecho en su vida, la misma suerte que corrió *Tonet* va a tener usted!!

- ¡¡José, por favor, que don Joaquín no ha hecho nada!! ¡¡Créeme, por favor!! - gritaba María de forma desgarradora.

María lloraba desconsolada, no entendía bien qué estaba pasando, sólo pensaba en pararlo.

José, completamente alterado y enajenado mentalmente, sacó su faca del bolsillo y la abrió. Empezó a reír como un loco a carcajadas, al ver que por fin obtendría la ansiada victoria por una vez en la vida, se sentía poderoso. La cuchilla era alargada y brillaba, el artista cerró los ojos y se daba ya por muerto.

- ¡¡No, Noooo!!… - gritó Sorolla desesperado.

José levantó la mano con el arma, como un verdugo a punto de cumplir su cometido, de un solo movimiento iba a rajarle el cuello y acabar con la vida de su rival, nunca más iba a dejar que nadie le quitara lo suyo ni que lo dejaran de segundo plato, eso se había acabado...

De repente, se oyó un disparo muy cerca, y luego otro. Pasaron unos segundos de incertidumbre que se hicieron eternos.

Sorolla abrió los ojos lentamente, no sabía si le habían dado a él o qué había pasado, y vio venir a dos guardias civiles corriendo hacia ellos. Mientras tanto se tocaba el pecho con las dos manos no creyéndose que se encontrara sano y salvo después de lo ocurrido.

José caía de rodillas al suelo, con la boca abierta y los ojos fuera de sus órbitas, exhalando sus últimos suspiros, su camisa era ya un charco de sangre… cayó al suelo, le costaba respirar y las lágrimas resbalaban por su mejilla, María lloraba y chillaba a la vez, fue corriendo y se sentó junto a él, apoyando la cabeza de José en sus piernas, sollozaba desconsoladamente.

José, con su último aliento, le dijo:

-Te quiero María, perdóname. Todo lo he hecho por ti.

- José, no te mueras, aguanta que ya viene el médico, ¡aguanta! – gritaba llorando María mientras lo abrazaba con fuerza.

La cabeza de José fue cayendo hacia un lado lentamente, sus lágrimas inundaban la cara, un último espasmo sacudió su cuerpo como si su alma se desprendiera de su torso. Acababa de morir.

Los lloros de María eran cada vez más intensos y desesperados. ¡Su amigo de toda la vida, ese chico tímido que siempre la había admirado, protegido y ayudado más que su propia familia en los momentos difíciles… había muerto!

Rosario, la esposa de José, salió de su casa corriendo, llorando como una loca, se puso al lado de José cogiéndole y besándolo, gritaba:

- ¡¡Nooooo, nooooo, *el meu home* nooooo, nooooo!!

María abrazó a ambos y lloraba desconsolada junto a Rosario.

Sorolla estaba inmóvil, no tenía claro cómo había sucedido todo ni cómo había salido con vida, creía estar en un sueño o, mejor dicho, en una pesadilla.

Empezaron a acudir algunos vecinos ante el alboroto que se había armado, todos murmurando e intentando averiguar qué había pasado. Los guardias civiles pidieron espacio y ordenaron a todos que marcharan a casa, que estaba todo controlado. Movieron el cadáver hacia un lado de la casa para que las miradas morbosas no pudieran verlo ni que se magnificara el suceso. Sorolla tenía el traje lleno de sangre y parte de la cara y barba también. Lo empezaron a revisar por si tenía alguna herida, pero no, un poco partido el labio inferior y poco más. Milagrosamente, no tenía nada.

Los guardias civiles, una vez pasaron dos horas, les informaron que venían de camino hacía aquí para cursar detención contra José, pues al final dieron con dos vecinos que declararon reconocer el arma homicida que encontraron responsable de quitar la vida a *Tonet*, que además tenía las iniciales grabadas que coincidían con el asesino. Rosario aún se volvió más loca al oír la información y comenzó a chillar a María:

- ¡¡*Per ta culpa*, mala pécora, *per ta culpa*, mal parida!! José siempre estuvo enamorado de ti y por protegerte… ¡mira lo que hizo! Él se merecía ser feliz y tener una familia… pero tú no, ¡no lo aceptabas!, lo querías tener aquí contigo… ¡egoísta!, a tu disposición siempre. ¡¡Ojala te mueras, eres un demonio!!

Y saltó contra María con toda su furia, le empezó a tirar de los pelos y la empujó contra el suelo chillando y maldiciendo. Hicieron falta los dos agentes para poder parar a Rosario y a todo el nervio que llevaba dentro; a pesar de lo poca cosa que era, ese nervio y el estado de total histerismo le hacían ser el doble de fuerte.

María lloraba abatida, le pidió disculpas, ella no sabía nada de estos sentimientos tan fuertes, lo había visto siempre como de la familia y los quería a los dos; ahora de golpe los había perdido, tanto a él como a ella.

Sorolla la abrazó mientras lloraba.

Vino una carreta, retiraron el cuerpo sin vida envuelto en una sábana y se llevaron a la viuda junto al cadáver, llorando y maldiciendo la vida. Sus chillidos se oían desde lejos.

Cuando Sorolla volvió a casa contó lo sucedido, seguía sin entender exactamente el porqué de ese ataque y esa reacción. Él no había hecho nada, más bien ayudar, y no entendía que unos supuestos celos pudieran enajenar mentalmente a una persona de tal forma.

Clotilde entendió la situación y a su esposo que se encontraba totalmente abatido, no le puso en duda en ningún momento ni dudó de su amor y compromiso hacia su familia, lo abrazó fuertemente y sintió pesar por la situación que había vivido María, un día querría ir a conocerla. El estado de alteración no permitía a Sorolla poder dormir, pero tenía claro que él había obrado con total honestidad; es más, tenía decidido que el dinero que obtuviera por la venta del cuadro *La mejor cuna*, que era el retrato de amor de una madre con sus hijos, lo iba a dedicar precisamente a estas madres que tenían que sacar adelante a sus hijos, lo repartiría a partes iguales entre ellas para ayudarlas en su difícil situación.

Al entierro de José fue todo el pueblo, era un hombre muy querido y respetado allí. A pesar de lo ocurrido, la gente pensaba que había sido un santo por haber librado a María de aquel mal marido, y que el ataque a Sorolla fue por celos o un estado de locura momentánea, no era culpa de él porque siempre fue un gran hombre que cuidaba de sus hermanos, su familia, sus vecinos y amigos. Tanto María como su esposa Rosario lloraban durante todo el entierro, una despedida muy amarga, Rosario no tenía fuerzas ni para increpar a María de todo el odio que le guardaba. Estaba sencillamente destrozada.

Fueron días de luto en todo Benimàmet, pero pasaron los días y el pueblo fue recobrando la normalidad, lo ocurrido seguía en boca de todos, pero poco a poco dejaría de ser noticia y se abrirían paso nuevos temas de qué hablar, nada duraba eternamente.

Clotilde rompió aguas, resoplaba sin parar, le faltaba el aliento, y Sorolla, más nervioso que un niño, fue corriendo a avisar al médico y a la comadrona. Entraron en la habitación y pidieron agua caliente y toallas, con un reloj midieron las contracciones. Estaba ya para venir, el bebé estaba bien colocado así que no tardaría en salir. Cerraron la puerta y Sorolla salió nervioso hacia el corral, andaba de un lado a otro, encendió la pipa a ver si así teniendo algo que hacer se calmaba un poco. Se oían los dolorosos chillidos de Clotilde, cuando al cabo de un par de horas con los nervios a flor de piel, oyó los primeros llantos del bebé. Sorolla sonrió emocionado al oírlo.

Salieron de la habitación con el bebé envuelto en una toalla blanca y se lo pusieron en sus brazos, todavía lloraba.

- ¡Enhorabuena, es usted padre de una niña preciosa!

Los hermanos se acercaron curiosos a verla y tocarla. Sorolla se la acercó, le dio un beso en la frente y le dijo:

- Bienvenida al mundo, Elena. Te vamos a querer muchísimo. Ya sabía que serías una niña.

Después, una vez atendieron a la madre y estuvo toda la situación controlada entró al cuarto con la niña poniéndola en brazos de su madre, que estaba exhausta del esfuerzo pero feliz de tener un nuevo miembro en la familia.

- Querías una *xiqueta* y te la he dado. ¿Estás feliz?

- Me has dado otra hija, así que más feliz no puedo estar, hemos formado una gran familia y no podía tener mejor esposa que tú. Si bien los hijos son los hijos, tú eres para mí más, mucho más que ellos. Por muchas razones que no hay para qué citar, eres mi carne, mi vida y mi cerebro, llenas todo el vacío que mi vida de hombre sin afectos de padre y madre tenía antes de conocerte. ¡La misma pintura no creo que me compensase si tú no me hicieras feliz! Pintar y amarte, eso es todo. ¿Te parece poco?

 Todavía se quedaron unos días más en la casa de Benimàmet hasta que la madre pudo recuperar fuerzas y estar mejor. Sorolla aprovechó el tiempo para ir elaborando bocetos y pintar un nuevo cuadro, esta vez sobre la maternidad. Era un tema que le apasionaba; se trataba de Clotilde en la cama con su hija recién nacida Elena, tapadas por una gran colcha blanca de gran tamaño, ambas muy cansadas después del parto, una imagen muy tierna y sencilla, pero con un resultado excelente.

Pasaron el resto del verano en Valencia sin moverse mucho dada la reciente maternidad y los cuidados que necesitaba Elena, salvo unos pocos días que pudieron ir a Buñol, donde Sorolla salía a pasear constantemente a disfrutar del aire libre y la montaña. Otro día marchó hacía el Cabañal en el tren, al pasar a la altura del puerto, Sorolla vio a un niño con un caballete pintando un cuadro todo azulado, le llamó la atención, se quedó mirándolo y al adelantarlo el tren, giró la cabeza y pudo verle la cara. Ese niño le sonaba, le era familiar ¿quién sería? ¿Dónde lo conoció?... ¡Ah! ¿Sí?, ese era Pablo, Pablo….Pablo Picasso, el alumno tutelado por su amigo Antonio Muñoz Degrain. ¿Qué hacía en Valencia?, quizá estuviera de vacaciones con sus padres (Picasso tenía 14 años entonces).

Posteriormente Joaquín marchó de nuevo a Madrid, debía seguir trabajando e impulsando su carrera y Clotilde se quedaría un tiempo más en Valencia para recibir la ayuda de su madre. Volvían los meses de frío y de estar lejos de su amada tierra, pasaron casi todo el año en su residencia de Madrid y de nuevo se acercaba el verano. ¿Qué tal le iría a María Beni y a la gente de Benimàmet?

Capítulo 12. El verano de 1896.

 Llegado por fin el verano, Joaquín volvía a subirse al tren en Atocha con dirección a Valencia. Clotilde ya llevaba casi dos meses allí y la correspondencia era constante, el amor continuaba creciendo a través de las cartas. En el asiento de al lado de Sorolla se sentó un hombre que tenía ganas de hablar. Se presentó como Juan Bautista Volta, de Meliana, primer oficial colocador de los afamados *Mosaicos Nolla*, empresa que había fundado en Meliana Miguel Nolla. Habían cogido un alto prestigio en toda España y la mayor parte del mundo, por lo que le había tocado viajar a muchos países para instalarlo. Eran muy demandados por la burguesía como un signo de distinción y elegancia para los suelos de sus casas.

 Le contó una extraordinaria anécdota a Sorolla: a finales de 1895, Juan se encontraba terminando un encargo en el Palacio de Liria en Madrid. Tenía prisa porque quería regresar a su casa, ya que su mujer estaba a punto de dar a luz, y por eso trabajaba hasta bien entrada la noche. Avisada de ello, doña Adelaida González de Castejón y Torres (bisabuela de la Duquesa de Alba), fue a preguntarle al mosaiquero por qué seguía trabajando hasta tan tarde. Juan Bautista le contó el motivo y que necesitaba acabar cuanto antes para irse, pero la señora de la casa le dijo que de eso nada, que aún había mucho por hacer allí. Sorprendido ante la respuesta, preguntó qué quedaba, y doña Adelaida le indicó que había que repasar algunas zonas, señalándole unos pequeños baldosines algo levantados al fondo del pasillo.

Al ir a ver cómo podía haber ocurrido aquello, levantó los baldosines y se encontró debajo un doblón de oro, una gran fortuna. La condesa le explicó que era su regalo "para lo que nazca", y él le prometió que si tenía niña le pondría su nombre, Adelaida.

Y así fue, tuvo una niña a la que le puso este nombre y, sin saberlo, inició una tradición que perdurará durante más de 100 años entre las descendientes de esta familia en Meliana hasta la actualidad

Sorolla quedó encantado con la bonita historia y con el talante y generosidad de la señora. El viaje se le pasó volando, hablando de los preciosos mosaicos de Nolla y de los muchos lugares donde se habían instalado. Volta le contó que se dirigía a instalar unos mosaicos a un pequeño pueblo llamado Benimàmet, donde la adinerada familia de ópticos Panach, amigos personales de la familia Nolla, estaban ideando construir en breve un magnífico chalet con 6.000 m² de terreno. Sorolla se sorprendió al oírlo, ¡qué casualidad! Le contó su experiencia en Benimàmet y lo mucho que le había gustado.

Este verano la familia del pintor estarían alojados en casa de su suegro en Valencia y disfrutarían de la Feria, irían todos juntos a la batalla de las flores, él iría con Benlliure y Vicente Blasco Ibáñez a las corridas de toros… Algunos días irían a la playa a comer al balneario de Las Arenas y, por supuesto, pintaría un par de cuadros durante el verano. No podía parar, ni dejar de aprovechar la luz del Mediterráneo. Volverían a disfrutar de la gastronomía, los arroces, la horchata….

Lejos quedaban ya los sucesos del verano pasado. Vivió un momento muy comprometido de su vida - a punto estuvo de perderla - seguido de uno de los momentos más felices con el nacimiento de Elena. Al final, una cosa pudo compensar la otra y el mal sabor de boca se fue borrando, y retomaron sus vidas como si nada hubiera ya pasado. No obstante, Sorolla tenía la necesidad y el deseo de saber cómo había podido recuperarse María de estos sucesos y si estaría bien o necesitaría su ayuda.

En el tren venía repasando su trayectoria de los últimos años, sus aprendizajes en París, las medallas ganadas en las últimas ediciones, los cuadros pintados en La Malvarrosa con escenas costumbristas de pescadores, los que pudo pintar en Benimàmet con gente humilde en escenas familiares… Era un cúmulo de sensaciones, y las repasaba para seguir extrayendo nuevas enseñanzas y puntos de mejora.

¿Cómo estaría María? ¿Estaría todavía triste y desolada o habría sido fuerte y capaz de rehacer su vida?

Sin duda iría un día a Benimàmet e intentaría verla y saber de ella, lo necesitaba para quedarse tranquilo, sentir paz en su alma y poder pasar página.

Al llegar a la estación del Norte, estaban todos esperándole: sus suegros y Clotilde con los niños y Elena en el carrito, la sorpresa y alegría fue mayúscula. Fueron andando hasta la casa, ya que estaba cerca de la propia estación, por fin ya estaban todos juntos.

Habían preparado una cena de gala para celebrar la llegada de Joaquín, la mesa estaba repleta de platos, sirvieron vino y brindaron con las copas. Elena dormía plácidamente en su cuna y los otros pequeñajos junto a sus primos corrían pasillo arriba y pasillo abajo, también contentos por la llegada de su padre, que por trabajo pasaba mucho tiempo fuera.

Clotilde estaba muy atareada con la crianza y cuidado de los hijos, pero seguía muy pendiente de la carrera de su marido. Llevaba las finanzas y organizaba las exposiciones, eventos, concursos de premios… Dominaba bien el inglés y el francés, por lo que podía atender cualquier encargo del extranjero. No era de extrañar que Sorolla la llamara a veces de forma cariñosa "mi Ministro de Hacienda". Habían recibido encargos relacionados con la uva y la *pansa*, en especial del presidente de Chile, y Sorolla debía ponerlo en práctica. Además, quería seguir pintando el Mediterráneo, le habían hablado muy bien de Denia y Jávea, incluso María de Blasco le insistió el año pasado para que fuera a ver aquellos paisajes.

Pasaron varios días yendo a la Malvarrosa con los niños y los cuñados, días de relax, de darse un baño y sobre todo de poder ver a sus amigos de Valencia a los que tanto apreciaba. En uno de los paseos se encontró una casa con la puerta abierta, había una familia que había extendido la vela de la barca en el suelo ocupando toda la superficie, estaban remendando y cosiendo la vela. Esa era otra importante tarea de los hombres del mar.

Quedó maravillado por el blanco, ¡le atraía tanto ese color! daba luz y alegría a sus cuadros, y ahora tenía ante él una imagen de costumbrismo que deseaba retratar. Así que habló con la familia y pintó unos bocetos para practicar y distribuir el espacio, y al día siguiente sobre un lienzo empezó a realizar el cuadro. Iban todos con ropa de trabajo típica usada por hombres y mujeres: una falda larga, una blusa suelta y una bufanda alrededor de los hombros de las mujeres, los hombres con sombrero de paja como protector solar. En dos días intensos lo pudo dar por finalizado, los últimos retoques ya los haría en el estudio.

Lo llamaría *Cosiendo la Vela*.

A mediados de julio ya empezaban los actos de la Feria de Valencia, asistieron a la Batalla de Flores en la Alameda, donde las familias nobles desfilaban en sus carruajes, algunas con disfraces, y el aire durante horas se llenaba de flores y murta. La gente se divertía mucho, pasaba la banda de música y se respiraba alegría.

Por las tardes Sorolla iba a los toros, que era una fiesta grande, la plaza se llenaba y entre "Ole" y "Ole" lo pasaban en grande.

El sábado fueron a pasar el día con el suegro y su familia al *campet* que éste tenía en el Grau. Antonio abría el agua de la acequia para regar sus tomates, las habas, cebollas, calabacines y sandías. Le encantaba poder cosechar lo suyo aunque apenas disponía de tiempo para poder cuidarlo, así que con la ayuda de un vecino del campo lo podía llevar adelante. Encendieron el fuego y colocaron la paella con el aceite; hoy tocaba comer una rica paella de pollo y pato.

Sorolla mientras tanto salió a pasear. Cruzó el puente y pasó a Nazaret, otro barrio marinero de Valencia que provenía de un pequeño barrio de pescadores y trabajadores del puerto de Valencia que se instalaron alrededor del "lazareto" (pequeño hospital donde mercancías y marineros pasaban la cuarentena y también se trataban infecciones) que, en 1720, había sido trasladado desde Monteolivete. Desde finales del siglo XIX la zona se convirtió en un lugar popular para los bañistas de la capital y en el lugar de veraneo de una parte de la burguesía, y fue entonces cuando comenzó a registrase por primera vez el término *Nazaret* para referirse al barrio, ya que el nombre de "lazareto" degradaba la zona. Sin embargo, Nazaret - asociado a referencias religiosas - era un término más conforme para la burguesía. En 1877 Nazaret, junto con todo el territorio del antiguo municipio de Ruzafa, pasó a formar parte del término municipal de Valencia. Algunos años después, en 1891, se construyó el primer puente entre Nazaret y el Grao, lo que conllevó la desaparición del barquero que hasta entonces había trasladado personas entre ambos barrios. Por este puente, además, circulaba el ferrocarril de vía estrecha que tuvo una función muy importante, especialmente en el transporte de naranjas y cebollas.

Después del paseo, volvió a cruzar el puente de hierro y pasó al Grao, y de ahí al *campet* de nuevo. Se acercó y le dieron a probar el arroz que ya estaba casi cocido, se oía *esclatar* los granos, por lo que ya se estaba haciendo el *socarraet* que tanto gustaba a muchos valencianos. Había que hacerlo en su justa medida, ya que si te pasabas la paella sabría a quemado. La pusieron en una mesa redonda y todos alrededor introdujeron la cuchara de madera, casi sin dejarla reposar apenas tres minutos. El humo aún salía y más de uno se quemó, pero a todos se les hacía la boca agua y nadie quería esperar más. A la mayoría les gustaba más comer el arroz que la carne, siempre sobraban algunos trozos que iban a parar al perro, que no quitaba ojo al caldero y movía la cola con alegría esperando a ver si tenía "premio".

Como era costumbre, todos comieron en la propia paella, cada uno en el "terreno" que tenía frente a él, sin invadir la zona de los vecinos colindantes, el porrón de vino iba pasando de unas manos a otras. Esta costumbre arraigada desde viejos tiempos mostraba el carácter mediterráneo, donde padres, hijos, cuñados y nietos disfrutan compartiendo esta deliciosa comida, todos juntos, siendo la paella el punto de unión. ¡Qué buenas costumbres y que armonía! Después de la excelente paella, fregaron el caldero y le untaron un poco de aceite para que no se oxidara. Ya colocado en su sitio, el sobrante lo había devorado el perro en apenas unos segundos. Guardaron las sillas en la caseta y marcharon para casa con un bolso grande de mimbre con algunos tomates y otros productos que habían cultivado.

Al día siguiente Sorolla iría acompañado de Clotilde a visitar Benimàmet, saludar a los vecinos y al médico que la atendió. Pasarían allí el día, los habían invitado a comer en una de las alquerías de *Mossén Povo* que habían estado restaurando la familia Pons. Además de amigos y familiares, estarían las personalidades más ilustres del pueblo: el alcalde, el cura, el médico, el practicante, algunos maestros de los colegios, miembros de la Guardia Civil y así una gran lista de invitados. Venía también la banda de música, que después de la bendición del cura tocarían unas piezas alegres. Sorolla, por supuesto, también deseaba ver a María, saber cómo le iba e incluso quería volver a pintarla de nuevo, tenía que representar varias pinturas de la uva y la pasa y ella, con su piel morena, daba a entender que era mujer de campo, además de su belleza.

La fiesta fue por todo lo alto, la gente estaba pletórica, la música festiva sonaba sin parar y la gente bebía y bebía, otros cogían a sus parejas y salían a bailar, por un momento parecía que las miserias y problemas de su vida anterior ya no habían de volver nunca, creían haber entrado en la felicidad y abundancia para siempre. Al fondo estaban cocinando 3 paellas grandes de pollo y conejo, el cura cogió la biblia, levantó las manos y paró el jolgorio por unos minutos, para bendecir el precioso edificio. Después don Tomás, el alcalde, también quiso tomar protagonismo:

"Queridos vecinos, ¡Benimàmet está cada día mejor, ya está en boca de todo el mundo y fruto de eso y de que hacemos las cosas bien, están viniendo cada vez más vecinos de Valencia a vivir aquí o a construirse sus residencias de veraneo! Incluso grandes pintores están viniendo aquí a pintar nuestro pueblo e inmortalizarlo, como el pintor aquí presente, el muy ilustre y honorable… ¡don Joaquín Sorolla! - los asistentes aplaudieron efusivamente.- Como sabéis, yo trabajo incesantemente para que todo esto ocurra y todo vaya a mejor. ¡¡*Vixca Benimàmet!!*

La gente coreó al instante: ¡¡*Vixca Benimàmet!!* y acto seguido, empezó un vecino y luego se unieron otros a gritar: "¡Que hable Sorolla! ¡Que hable Sorolla!"

El alcalde cedió el testigo al ilustre pintor:

- ¡Queridos vecinos y amigos! Ha sido un verdadero placer haber podido estar estos tres veranos en Benimàmet, siempre va a estar en mi corazón y vuestro bonito pueblo estará inmortalizado en mi obra. He podido vivir y disfrutar de la gente del campo, y como viajero del mundo, os aseguro que no tenéis nada que envidiar a otras gentes de otras grandes ciudades como Madrid o Valencia, desde aquí os animo a que sigáis trabajando unidos y amando a vuestro pueblo, que es maravilloso. ¡Muchas gracias a todos por vuestra amistad y vuestra ayuda en todo este tiempo, habéis dejado huella en mí!

El pueblo le respondió con vítores y aplausos, era un héroe.

Después de los discursos sirvieron la paella, y la fiesta, las copas y el baile continuaron hasta el final de la tarde. Allí apareció a última hora por sorpresa María Beni, bellísima y sonriente. Iba muy feliz cogida del brazo de Federico, también elegantemente vestido y con cara de felicidad, llevaban en brazos a un bebé. La imagen lo decía todo, y a Sorolla le saltaron las lágrimas de alegría, se llevó un dedo al ojo rápidamente para quitárselas.

- ¡Por fin María le ha llegado la felicidad que tanto merece! No sabe cuán dichoso me hace saber que ha rehecho su vida, ¡y encima con este gran hombre! Estoy seguro de que ambos serán muy felices. Bueno… ¡y han tenido un niño precioso! ¡Qué gozo me da verles! Mira, Clotilde, esta es María, de la que tanto te hablé, y su esposo Federico.

Ambas mujeres se dieron dos besos y un largo abrazo, había cariño y complicidad entre ambas.

- ¡Qué alegría por fin conocerla María!, Joaquín me había hablado mucho sobre usted y soy muy feliz de que por fin la vida le sonría, se lo merece. ¡Por cierto! ¡Es muchísimo más guapa de lo que mi marido me había contado! –dijo Clotilde.

- Muchas gracias a los dos, la verdad es que su marido me
enseñó a creer en mí, a afrontar la vida y a querer mejorarme a
mí misma, sin él no habría sido posible, ¡se lo debo todo! Es
usted muy afortunada de tener un hombre como él, con tan
gran corazón.

Sorolla estrechó la mano de Federico y posteriormente le dio
un abrazo, felicitándole también por la gran mujer con la que se
había casado y por el nuevo miembro de la familia. La
felicidad era plena, por fin podían dejar atrás ese pasado oscuro
y triste y centrarse en vivir y disfrutar, pues como decía
Sorolla… la vida pasaba volando.

- Bien, María, me queda un último cuadro que pintar y quiero
contar con usted, me lo debe.

- Ya sabe lo mucho que le debo, siempre que me necesite ahí
estaré. ¿De qué se trata?

- Mañana quiero ir a la casa donde estuvimos alojados el
pasado verano y durante un par de días quiero pintarte
levantando a mi hija Elena debajo de la parra que hay en el
corral, usted vestirá de blanco y mi hija también, y la luz
entrará a través de las hojas. Al fondo el paellero, que tan
buenas comidas nos ha regalado. He recibido varios encargos
con esta temática y tengo que ir trabajando en ello. ¡Pero
antes… vamos a bailar!

Y así, con esta excelente pintura titulada *La Parra*, terminó la
estancia de Sorolla en esta pedanía de Valencia ese año de
1.896 (el cuadro quedaría datado en 1897). Después de 3 años
de visitas y de dejar muchos amigos allí, siempre quedará una
parte del alma de Sorolla en Benimàmet y los recuerdos de
Benimàmet plasmados en la obra del pintor de la luz, de esta
forma quedaron vinculados para siempre.

Posteriormente, haciendo caso a María y otros amigos, Sorolla marcharía un par de días a Denia para seguir retratando escenas de uva y *panses* y de ahí, después de un dolorido camino en burro, saltaría a Jávea, donde quedaría enamorado de sus paisajes. Se quedaría una semana y repetiría varias veces más durante otros veranos, completamente enamorado para siempre del Mediterráneo, de su tierra… y de su luz.

Fueron pasando los años y la relación entre las dos familias siguió perdurando aunque la correspondencia se fue espaciando en el tiempo.

A continuación reproducimos la última carta fechada en el año 1.909, que fue encontrada en 1.975, en una hendidura dentro de una de las Cuevas de Camales cuando iban a derruirlas todas y crear encima el actual Parque Camales. En la actualidad ya no quedan viviendas cueva en Benimàmet, aunque con la próxima construcción del Parque Cuevas Carolinas el ayuntamiento de Valencia ha proyectado desenterrar y rehabilitar 3 viviendas cueva que serán visitables para recuperar esta parte de la historia.

Benimàmet a 20 de Junio de 1909

Estimados D. Joaquín y Clotilde,

Qué alegría recibir su carta desde New York y seguir las buenas noticias del gran éxito que han alcanzado ustedes en la exposición organizada allí por el señor D. Archer Milton Huntington en la Hispanic Society de América, según hemos leído fueron más de 160.000 personas con grandes colas y afluencia de gente y todos los cuadros fueron vendidos. ¡Cuánto nos alegramos Federico y yo!

Lo de su proyecto de la nueva casa en Madrid nos parece fantástico, con idea también de que en un futuro albergue un Museo con multitud de sus obras, sería un legado increíble.

Por aquí todo marcha a las mil maravillas, hemos cumplido nuestro sueño de comprar y vivir en una Villa Modernista en Benimàmet, nuestro hijo mayor el Antoñito de tanto oírnos hablar de usted, se aficionó tanto que se está convirtiendo en un gran pintor y varios de sus amigos también entre los que destaca Jose Meseguer Benedito. Como puede ver su huella sigue vigente aquí, cualquier día llamaran a Benimàmet como el barrio de los Artistas.

Por otro lado, como ya saben, la Exposición Regional en Valencia está siendo una maravilla, la Alameda de Valencia llena de pabellones maravillosos y de gente venida de todas las partes del mundo. La inauguración con la llegada del Rey y tantos ilustres fue apoteósica, esto ayudará sobremanera al progreso y modernización de la ciudad y a darle un mayor prestigio.

Ojalá algún día puedan regresar a Benimàmet y podamos celebrarlo, han pasado ya 13 años desde su visita aquí. Esperamos que sus hijos estén todos bien y que tengan un feliz regreso a casa.

Reciban un fuerte abrazo,

FEDERICO Y MARÍA BENI.

Gracias a José y a su bisabuelo hemos podido conocer esta increíble historia acontecida en Benimàmet hace algo más de 100 años con el gran pintor de la Luz, Joaquín Sorolla, sus tres cuadros de Benimàmet y la pintura La Parra son un reflejo de esta historia, así como otros cuadros que pintó en la playa de Levante, en Buñol y Alzira.

Hemos vivido a Sorolla como persona, amante del arte, de Clotilde y su familia así como de sus amistades, su pasión por el mar y los pescadores, los campesinos, las gentes humildes y también los de clase alta que pudieran pagar bien sus cuadros para ganarse la vida. Un artista que vivió por y para su obra, que nos dejó un gran legado, más de 2500 cuadros de grandísimo arte.

Epílogo. Benimàmet, 2022.

 Después de muchas lecturas, de búsquedas de información continuas, por fin… el libro estaba terminado. No pensaba que costara tanto, crear una novela ha sido largo y costoso como un parto, nunca había estado en la piel de un escritor pero deseaba vivir la experiencia para poder sacar todo lo que llevaba dentro y poder compartirlo con vosotros.

 Dentro de poco, en este próximo año 2023 será el Centenario del fallecimiento de Sorolla, seguramente el gobierno de España junto con el Ministerio de Cultura declaren el año de Sorolla en España y en la ciudad de Valencia también, o al menos eso he oído y así deseo que ocurra.

 Joaquín Sorolla es un genio, adoro su obra y sus pinturas como muchísima gente, sobre todo las que retrata a Valencia y sus costumbres, el Mediterráneo, la luz que aquí es tan especial… Me lo imagino en la Malvarrosa pintando con su sombrero o en Benimàmet. ¡Cómo me habría gustado tener la máquina del tiempo y haberlo visto allí, con el pincel en la mano!

 De pequeño yo adoraba pintar y dibujar, soy un pintor frustrado porque dejé esta afición, pero cuando veo una obra siempre imagino al pintor haciendo su trabajo, su creación, y me hace sentir algo grande.

 Esta novela es mi **homenaje** a este gran Artista y también a Valencia, los valencianos y mis vecinos que viven en la ciudad más especial del mundo. Un homenaje para Benimàmet, el pueblo donde en estos momentos resido y que en pocas novelas o ninguna novela ha aparecido, sin embargo, tiene muchas cosas especiales y mucho potencial, espero que algún vecino se sienta orgulloso también de esta obra. También va dedicado a

Benetússer, donde nací, lo llevo en el corazón y tengo allí a los amigos de la infancia. A L´Alcúdia, el pueblo de mi mujer y donde también hemos vivido mucho tiempo con muy buena gente. A Albal, el pueblo de la familia de mi padre; a Alzira, donde estuve trabajando y guardo gran cariño a su gente. Por supuesto a Denia, un lugar que desde niño me enamoró y a Buñol, del que siempre digo de ir a conocer su castillo y sus paisajes y aún no he encontrado el día, pero Sorolla sí lo hizo en estos años y por eso queda reflejado en la novela. Estoy seguro de lo bonito que es Buñol y encantado de haber leído su historia también. No podían faltar los poblados marítimos: El Cabañal y La Malvarrosa, mi madre nació al lado, en Nazaret, cuántas veces me ha contado la riada del 57 y que tuvieron que subirse al tejado...

Hemos recorrido estos pueblos y parte de su historia, paseado por Valencia de la mano de Sorolla, así como las costumbres valencianas y, por supuesto, no podía faltar la gastronomía de Valencia, de la que tan orgullosos estamos. ¿Qué hay más bonito que hacer una paella y disfrutarla en compañía de la gente? Qué buena y valorada ha sido siempre la dieta mediterránea y qué bueno tener la huerta al lado de nuestras casas, esa enorme despensa verde que rodea Valencia.

Y de paso, hemos vivido una gran historia de amor y de destrucción.

Mi esposa, al leer la novela me preguntó:

- Cariño, me ha encantado la historia, pero… ¿no crees que puede sentar mal que Sorolla se pueda sentir atraído por otra persona?

- Sinceramente he intentado en todo momento no manchar su imagen, es mi ídolo, ¿cómo iba a dejarlo mal? Al final Sorolla, a pesar de ser un hombre de carne y hueso y poder tener algún pensamiento o atracción, a pesar de encontrarse frente a una

muy bella mujer… él demuestra su compromiso con él mismo
y con su amada Clotilde, que era su verdadera musa y el amor
de su vida, realmente amaba y valoraba a su esposa. Tuvieron
tres hijos y formaron una gran familia, y a todos nos queda
claro que su esposa estuvo siempre facilitando y allanando el
camino para que su esposo llegara a donde está, así que una
parte de ese éxito es de ella indiscutiblemente.

-Y si la novela va sobre Benimàmet, ¿por qué has hablado de
tantos pueblos y has dado tantos datos históricos?

- Bueno, es un homenaje a Valencia, creo que para entender y
amar una ciudad es necesario conocer cómo fue su pasado,
cómo se desarrolló, cómo vivía su gente y cómo eran, espero
que para las personas que viven en estos lugares y no conozcan
estos detalles les pueden resultar interesantes. Espero haberles
aportado ese granito de arena.

- ¿Y Vicente Blasco Ibáñez?

- Es otro valenciano al que adoro, es uno de los grandes, he
podido leer y disfrutar de algunas de sus obras costumbristas
valencianas y me han llegado al corazón, me siento muy
orgulloso de que en Valencia hayamos tenido a estos grandes
genios y tanto talento. Quizá marcaron una época de esplendor
como en el Siglo de Oro, hubo una hornada de artistas muy
importantes a finales del siglo. XIX.

- Sí, porque en tu novela hablas de muchos artistas...

- Como te he comentado anteriormente, admiro a los artistas,
pintores sobre todo, ya desde pequeño valoraba ese trabajo,
creo que crear algo, inventar, imaginar, diseñar, producir… es
una de las cosas más valiosas que existen. Es por ello que he
mencionado a algunos artistas más aparte de Sorolla y Vicente
Blasco Ibáñez; por ejemplo, el maestro de Picasso que estuvo
viviendo en Benimàmet, el señor José Santiago Garnelo i Alda.

También se habla de Joaquín Agrasot, Pinazo, Benlliure padre e hijo, también su hermano Mariano Benlliure, también a distintos arquitectos y algunos artistas más. Y por supuesto, he hecho mención de algunos grandes empresarios que con su esfuerzo y su arte, crean empleo y riqueza para la ciudad, una labor fundamental, las personas emprendedoras son admirables y las valoro profundamente.

- ¡Y de Benimàmet has sacado a relucir también multitud de personajes ilustres!

-Bueno, gracias a un libro del 50 aniversario de las fiestas de San Vicente Mártir que elaboró el cronista Vicente Benlloch hemos podido sacar apellidos comunes, los motes de su gente en aquella época, cómo era la huerta, cómo vivían… y de personajes ilustres hemos querido destacar al internacional y premiado arquitecto Santiago Calatrava, hijo de Benimàmet. Su padre fue alcalde pedáneo y luchó mucho por mejorar este pueblo y su abuelo un gran agricultor, así como muchas familias de la época. Mencionamos a Garnelo, por supuesto, al señor Mir, cuyo hijo Francisco Mir Belenguer es un gran pintor de aquí… Aunque han salido muchos pintores de esta pedanía, ¡de hecho a Benimàmet lo llaman el barrio de los artistas! En la novela se nombra a Ismael Blat y a su hermano, el ceramista Alfonso Blat y, cómo no, tenía que nombrar también de forma simbólica a un antepasado de Ricardo Ten, varias veces Campeón del Mundo de natación y ciclismo. Es algo extraordinario y un orgullo para todo Benimàmet por su lucha y superación constante, ¡eso sí que es para escribir una novela!

- Y de paso… has cumplido casi tu sueño de tener la máquina del tiempo ¿no?

- ¡Jajaja! Pues en parte sí, ha sido una experiencia muy gratificante leer cómo era Valencia y los pueblos que se detallan en la novela en el año 1900, la época en la que los visitaba Sorolla. Leer esto, cerrar los ojos y pensar en lo que había leído por un momento me hacía vivir aquella época, me llamaba mucho la atención una foto que vi de las acequias en el Cabañal y en la Malvarrosa, se veían las barracas al fondo y las mujeres agachadas en el río lavando la ropa, los carruajes con sus caballos en las calles de tierra todavía sin asfaltar, el tranvía tirado por caballos también... En fin, ¡cómo ha cambiado todo en 100 años!

He disfrutado mucho con este viaje en el tiempo y espero haber sido capaz de describir correctamente ese pasado en la novela.

-Oye, estás toda la novela hablando de comida y de platos valencianos, eres un *Sangonereta!*

- Como buen valenciano adoro los arroces, de pequeño en mi casa comíamos casi todos los días, cada día con una receta diferente, a cual plato mejor. En Valencia los arroces se cocinan de forma excepcional.

- ¿Al final un final feliz para María?

Por supuesto, creo que es un personaje que sufre durante toda la novela y se merecía un final feliz, mientras lo estaba escribiendo estaba llorando también de alegría y me tenía que secar los ojos, pero no podía parar, creo que se lo merece.

- ¿Tienes pensado dedicarte a la escritura?

- La verdad es que no, ahora mismo he escrito todo esto que llevaba en el corazón y que deseaba compartir con vosotros y con el mundo, y espero que quede para siempre como un bonito recuerdo de este servidor y vecino vuestro, que está agradecido de haber nacido en esta tierra. Este es mi homenaje y una forma de devolver y agradecer lo que tanto me ha dado, deseo que haya conseguido transmitirlo mediante esta novela. Simplemente espero que os haya gustado, la hayáis podido disfrutar y aprender algo más de nuestra amada Valencia.

¡Gracias de corazón por ser partícipes leyéndola y recomendándola!

165

"Muchos besos a los hijos: a María 30.000, a Joaquín 30.000, a Elenita 30.000 y para la fiera de la Angorilla sin la cual no puedo vivir, 300.000. Tuyo que te abraza, tu Joaquín".

Vixca Valéncia, la millor terreta del món!

Y… ¡Vixca Sorolla!

Agradecimientos.

A **mi mujer y mis hijos**, por su apoyo y comprensión.

A **Vicente Tomás Benlloch**, por la aportación de información histórica de Benimàmet, el prólogo y su colaboración.

A **Aisha Bordas y Antoni Alegre**, por su excelente trabajo e implicación en la revisión, edición del texto y aportación de ideas.

A **José Moya**, por sus bonitos murales.

.

A todos los que me habéis estado apoyando y dando ánimo en todo momento. A los que me habéis dicho que teníais ilusión de leerla, eso me ha motivado mucho.

A todos los aficionados de Sorolla y a la *Fundación Sorolla*, que siguen divulgando y compartiendo su obra en las redes sociales haciendo que cada día valoremos más a este artista y al arte en general.

Gracias a todos.

Bibliografía y webliografía.

Este libro no sería posible sin el trabajo, dedicación y publicaciones de tantos historiadores y organismos sobre Sorolla, Blasco Ibáñez, Valencia y sus pueblos. Desde aquí, queremos agradecerles su gran labor.

<u>Fuentes:</u>

- Blanca Pons Sorolla, bisnieta, experta y patrona fundación J. Sorolla.

- David Gutierrez Pulido, historiador de Jávea y experto en J.Sorolla..

- *Sorolla, Joaquín.* Díez García, José Luis; Barón, Javier. Museo del Prado, ed. Joaquín Sorolla, 1863-1923. Madrid: Museo Nacional del Prado. (2009).

- *Joaquín Sorolla: (1863-1923).* Tomás Ferré, Facundo. TF Editores. (2006).

- *Uvas en Aguardiente,* Juan Carlos Pérez Gómez. Sobre José Santiago Garnelo i Alda. Fundación Sierra. (2015)

- *Bodas de Oro de la Fiesta San Vicente Mártir de Benimàmet,* Vicente Tomás Benlloch. (1941-1991).

- *Benimamet, Barrio a barrio,* Vicente Torres, Luis Santana e Inmaculada Villaba. Ayuntamiento de Valencia. (1987).

- *Historia de Benimàmet.* Almanaque *La Vida Valenciana en 1963,* del *Diario Las Provincias* (1963).

- *V Simposio Internacional de Mudejarismo. Benimàmet, una Baronia en la Huerta de Valencia.* Rafael Benítez Sánchez-Blanco. (1991).

- *A prueba de fuego.* Javier Moro. Sobre el arquitecto valenciano Rafael Guastavino. (2020).

- *Las tres vidas del pintor de la luz.* Javier Alandés. Ed. Sargantana (2019).

- *Una aproximación a la historia de la industrialización de Benetúser, 1874-1975.* Martínez Serrano, J.A. Papelería Vila SA. (1978).

- *Robustez estructural: la cualidad que echó de menos Ribera en 1905.* Díaz-Pavón Cuaresma, Eduardo; León González, Javier; Ley Urzáiz, Jorge. Hormigón y Acero. (2017).

- *El cólera de 1885 en Madrid: catástrofe sanitaria y conflicto social en la ciudad epidemiada.* Díaz Simón, Luis (2014).

- *Veinticinco años después. Avances en la Historia Social y Económica de Madrid.* Jesús Agua de la Roza, José Antonín Nieto Sánchez, Álvaro París Martín, Fernando Manuel Sánchez Escobar, Juan Carlos Zofío Llorente, ed. Ediciones UAM. (2014).

- *La sociedad madrileña durante la Restauración. 1876-1931. Vol. II.* Ángel Bahamonde y Luis Enrique Otero. Consejería de Cultura de la Comunidad de Madrid. (1989).

- *El mosaiquero de la Duquesa de Alba*, Vicente Lladró. *Diario Las Provincias.* (2012).

- *"Pintar y amarte, eso es todo. ¿Te parece poco?* Julio Cob. *Valencia en Blanco y Negro.* (2020).

- *La Parra, de Joaquín Sorolla. (La pieza del mes).* Ministerio de Cultura. (2015).

- *El Cabanyal, un patrimonio rescatado por la ciudadanía.* Martínez Arroyo, Emilio José; Silva Dos Santos, Fabiane Cristina. (2015).

- *Chiva-Hoya de Buñol.* Sanz, Benito. Institució Alfons el Magnànim. (1984).

- *Arroz y Tartana y Flor de mayo.* Vicente Blasco Ibáñez (1894).

- *Cañas y Barro.* Vicente Blasco Ibáñez (1902).

- *Manual del Arte Español.* Manuel Bendala. (2003).

- www.jdiezarnal.com

- www.biografíasyvidas.com

-www.paisajesturiscosvalencianos.com

- blocdejavier.wordpress.com

- www.tribunaldelasaguas.org

- www.wikipedia.com

- www.investigart.com

- https://alziraatravesdeltiempo.blogspot.com

- https://valenciaplaza.com

- www.descubrirelarte.com

- www.todocoleccion.com (imágenes)

- Publicaciones de los diarios *Las Provincias* y *Levante EMV*.

- Publicaciones de *Agencia EFE* y *Diario ABC*.

- Publicaciones del Diario *El Pueblo*.

- Ministerio de Cultura de España.

- Consellería de Cultura de la Generalitat Valenciana.

- Publicaciones del Ayuntamiento de Valencia.

- Ayuntamiento de Buñol, Alzira, Benetússer, Jávea, Denia, Burjassot y L'Alcúdia.

- Museo y fundación Joaquín Sorolla.

- Museo Blasco Ibáñez.

- Museo Benlliure.

- Fundación y Asociaciones de Blasco Ibáñez.

- Publicaciones del Museo del Prado.

- Publicaciones Universidad de Alicante.

- Biblioteca virtual Miguel de Cervantes.

- Biblioteca Nacional de España.

- Biblioteca Teodoro Llorente de Benimàmet.

- Biblioteca Valenciana Erudito Nicolau Primitiu.

- Archivo Vicente Giner Boira (Biblioteca Valenciana).

- Casa Montaña.

- Publicaciones y fotografías en redes sociales: Valencia Antigua: Historia gráfica, Joaquín Sorolla y Joaquín Sorolla, pintor Español.

La lista sería interminable e imposible de mencionar, agradezco a todo el mundo la información publicada y accesible en Internet, que enriquece y aporta valor a todas las personas.